Sexy Überstunden

Alles Für Den Boss, Volume 2

Sarwah Creed

Published by Sarwah Creed, 2020.

Sexy Überstunden
von
Sarwah Creed
© 2020 Sarwah Creed

SEXY ÜBERSTUNDEN

First edition. December 9, 2020.

ISBN: 979-8201852924

Written by Sarwah Creed.

Also by Sarwah Creed

Alles Für Den Boss
Chef mit gewissen Vorzügen
Sexy Überstunden
Chef der Begierde

Bad Apples
Love To Hate You
Hate To Love You

Freunde mit gewissen Vorzügen
Die Teufel und Engel
Schmutziger Spieler
Sext Me

grumpy boss
Size of his Shoes
A Boss with Benefits
My Thirty Day Quarantine

An Ex with Benefits
Blind Date

Kings of Hawk Academy
Bad Intentions
Cruel Intentions

Sext Me Crazy
Filthy #TeXXXt
Hot #TeXXXt

The FlirtChat Series
Daily #TeXXXt
Triple TeXXXt
Quadruple TeXXXt
Naughty #teXXXt

Standalone
Claimed By Wolves

Über die Serie Alles für den Boss:

Danke, dass du dir meine Neuerscheinungen anschaust. Dies ist das zweite Buch der Serie Alles für den Boss-Serie:

Buch #1 - Chef mit gewissen Vorzügen

Buch #2 - Sexy Überstunden

Buch #3 - Meine Weihnachtsquarantäne

Es sind unabhängige Geschichten, die in jeder beliebigen Reihenfolge gelesen werden können.

Das sagen Leser über die Serie Alles für den Boss-Serie:

Kurz, aber unterhaltsam![1]

Habe das Buch auf Facebook empfohlen bekommen und fand Cover und Klappentext ansprechend. Das Buch selbst ist recht kurz, aber trotzdem unterhaltsam. Ich fand die Charaktere niedlich, vor allem Nana, die mich irgendwie an eine verrückte alte Dame erinnert hat (mit ganz vielen Katzen :D), auch wenn sie das gar nicht sein sollte. War ein netter Zeitvertreib und ganz anders als die anderen Bücher der Autorin, etwas erwachsener.

Kurz aber nett![2]

Die Autorin hat einen sehr eigenen Schreibstil! Wenn man sich daran gewöhnt hat kann man dieses Buch gut lesen.

---

1. https://www.amazon.de/gp/customer-reviews/R3DHHWPCTS9UD0/ ref=cm_cr_dp_d_rvw_ttl?ie=UTF8&ASIN=B08C381TCY

2. https://www.amazon.de/gp/customer-reviews/R3BVCQHYZZCGYA/ ref=cm_cr_dp_d_rvw_ttl?ie=UTF8&ASIN=B08C381TCY

Rezensenten / Blogger gesucht

... für die heißen Liebesromane von Sarwah Creed & Mila Young!
ARC Link[1]

---

1. https://docs.google.com/forms/d/e/
1FAIpQLSdquB6Ot2daG9DrXAx54tGmOawDxyL81lp0Z96T-yocXJbOPA/
viewform?fbclid=IwAR1FRADw8DJBPmPzI2riW15wGJEkCgcdQ_ctxbgs0xUwSpi7UKezKs
nbfQc

Über Sexy Überstunden ...

Meine virtuelle Assistentin wird bald herausfinden, wer hier der Boss ist ...

Mir gehört die verdammte Firma, aber ich kann anscheinend trotzdem keine anständige Assistentin finden ...

... mal abgesehen von Olivia.

Sie ist seit Jahren meine Aushilfsassistentin und arbeitet virtuell, mitten im Nirgendwo.

Ich zahle ihr das Doppelte, gebe ihr freie Tage, alles, um diese Frist einzuhalten.

Ich brauche nur keine weitere Ablenkung.

Ich habe Olivia nie persönlich kennengelernt, aber ich stelle mir vor, dass sie eine Jungfer mittleren Alters mit einem Dutzend Katzen ist.

Perfekt, um mich aus Schwierigkeiten herauszuhalten.

Bei ihr gerate ich definitiv nicht in Versuchung.

Bis Olivia in mein Büro kommt und sich herausstellt, sie eine smaragdäugige Schönheit ist.

Kopfschüttelnd denke ich: *Ich stecke ganz schön tief in der Sch***e.*

Mein Schw**z richtet sich auf und stimmt mir zu: „Oh, das tust du allerdings!“

Anmerkung der Autorin:

Diese Novelle steckt voller Sex, den Sie genießen können. Sie kann als eigenständiges Buch gelesen werden und im Buch wird niemand betrogen!

Kapitel Eins
Ross

„Was zum Teufel willst du?“, bellte ich, als meine sexy Sekretärin aus Kansas, Scarlett, mein Büro betrat. Ich hätte nicht so grob sein und sie anschreien sollen. Aber ich war müde und hatte keine Geduld mehr. Wir New Yorker hatten eine Art zu sprechen, die dem Rest des Landes manchmal grob erschien, aber für uns? Da war es ganz normal.

Wie dem auch sei, Scarlett war meine Sekretärin, nicht meine Frau. Ich hatte den Fehler gemacht, sie einmal zu bumsen, und diesen Fehler hatte ich im Laufe der Woche immer wieder gemacht.

Ein Mann sollte immer aus seinen Fehlern lernen.

Am Montag hätte ich dem ein Ende setzen sollen.

Der Dienstag war zu verlockend.

Am Mittwoch wurde es irgendwie albern ... und all die Tage danach waren nichts als schlichte Dummheit, und ich zahlte den Preis dafür, und wie.

Normalerweise, wenn eine Frau mich mit der Peitsche in meinem Spielzimmer sieht, sagt sie mir, ich solle sanft sein, oder sie sieht mich mit einer Gerte und verlangt, dass ich sie nicht zu hart schlage.

Nicht Scarlett, sie war die Fantasie eines jeden Mannes im Spielzimmer, im Sitzungssaal, im Büro, auf dem Parkplatz und im Aufzug, aber nicht in meinem Schlafzimmer. Sie hing von dem Moment an zu sehr an mir, als ich den Fehler machte, sie da drin zu ficken.

Das war, als sie ihr wahres Gesicht zeigte, und es war nicht hübsch. Den Spaß verdarb sie am Donnerstag, als sie mich bat, sie in meinem Bett in den Arm zu nehmen. Das ist etwas, das ich nie tue, aber während ich sie vom Spielzimmer ins Wohnzimmer trug, bat sie mich, mich in mein Bett zu legen, nur für eine kleine Weile. Sie hatte mit süßem Blick voller Sehnsucht gefragt, und ich hatte dummerweise nachgegeben. Irgendwie schaffte sie es, über Nacht zu bleiben. Damen übernachten nie bei mir, also hätte ich es gleich abblasen sollen, aber das habe ich nicht getan. Ich war ein geiler Idiot, und nach dieser Nacht beschloss ich, dass sie nicht mehr bei mir übernachten würde.

Ich würde zu ihr gehen, sie ficken, und sobald sie schlief, würde ich verschwinden. Ich schaffte es immer, sie zu ermüden, also war es kein Problem, mich rauszuschleichen.

Großer Fehler.

Jetzt sitze ich hier mit einer Frau fest, die ... anhänglich ist. Ein Schauer des Ekels lief mir über den Rücken, sobald ich das Wort auch nur dachte. Ich blickte zu ihr auf, als sie sich mir in meinem Büro näherte, und in ihrem Augenwinkel hatte sich bereits eine kleine Träne gebildet.

„Ich fühle mich einfach nur benutzt ..." Sie schniefte ein wenig als sie näher kam und ich spürte, wie sich mir vor Nervosität der Magen verkrampfte. *Jetzt geht es los ...*

„So, als würdest du mich nur für meinen Körper mögen und sonst nichts." Sie begann zu schmollen, und ich konnte sehen, dass sie etwas vorhatte, denn sie ließ die Tür weit offen. Wir waren in meinem Büro, und sie sprach über Herzensangelegenheiten. Nur dass es für mich eine Schwanzangelegenheit ist. Das würde nicht gut ankommen, bei Weitem nicht. Ich wusste, dass sie wollte, dass alle draußen es hören. Ich wollte nicht, dass das Personal wusste, dass ich es wieder getan hatte.

Schon wieder.

Dieselbe verdammt dumme Sache, vor der mich die Personalabteilung, der Finanzleiter, meine Eltern, meine Freunde und sogar meine Haushälterin schon zu oft gewarnt hatten, und ich machte es trotzdem.

Ich stand schnell auf und schloss die Tür. Dann drehte ich mich um, um sie zu trösten und versuchte, einen Weg zu finden, wie ich aus diesem riesigen Schlamassel, das ich angerichtet hatte, herauskommen könnte, schon wieder!

Vielleicht, wenn sie aufhören würde, als meine Sekretärin zu arbeiten, würde die riesige Scheiße, die ich angerichtet habe, verschwinden. Ich warf ihr einen spekulativen Blick zu, wobei ich in

Wirklichkeit versuchte, Zeit zu gewinnen, und wandte mich dann ab, als ob ich über das, was sie gerade gesagt hatte, nachdachte. Ich versuchte, schnell eine Lösung zu finden. Ich könnte sie entlassen, ihr sagen, sie solle verschwinden und nicht zurückkommen, aber das könnte nach hinten losgehen.

Wenn ich nicht behutsam mit ihr Schluss machte, könnte sie zur Personalabteilung gehen und ihnen sagen, dass ich meinen Schwanz nicht in der Hose behalten konnte. Die Arbeitsbehörde wäre an meinem Fall dran und würde das Konto des Unternehmens wegen sexueller Belästigung schließen, und ich hätte möglicherweise eine Klage am Hals. Ein weiteres Konto der Arbeitsvermittlung würde wegen meiner Unfähigkeit, meinen Schwanz in der Hose zu behalten, aufgelöst. Ich musste schnell denken; ich war ein verdammter Milliardär. Ich traf den ganzen Tag lang wichtige Entscheidungen. Das war nicht anders als ein Geschäft, das ich abschließen musste, sonst würde es mich ruinieren.

„Du musst darüber nachdenken, was das alles bedeutet", erklärte ich ihr.

„Was?"

Sie hatte recht, worauf wollte ich hinaus?

Meine Handflächen schwitzen während ich nach einer Lösung suche, meine Stimme ist rau, weil ich zur Tür gelaufen bin, um sie zuzumachen, und dann zurück zu ihr, und meine Gedanken sind völlig durcheinander. Vor zwanzig Minuten hatte ich ein wichtiges Meeting. Wann zum Teufel ist mein Leben so verdammt kompliziert geworden und wann habe ich die Kontrolle darüber verloren?

Was zum Teufel hatte mich nur dazu getrieben, den gleichen dummen Fehler erneut zu machen?

„Ich weiß, dass du denkst, dass ich dich nicht zu schätzen weiß", und dabei starrte ich in ihre meerblauen Augen, mein Gesicht eine Maske der Reue, die nur vorgespielt war, aber das brauchte sie nicht zu wissen. Jetzt würde ich erst mal diese Spielchen spielen, bis ich mich nach meinem Meeting auf diese Sache konzentrieren konnte. Dann hätte ich nämlich die Zeit, darüber nachzudenken und einen Plan zu entwerfen. „Aber das weiß ich sehr wohl. Du bist wunderschön."

Ich streichle ihr langes, blondes Haar und denke mir dabei, dass Blondinen wirklich mehr Spaß haben. Und erneut wurde ich abgelenkt, weil ich meine Hände auf ihre Brüste gleiten ließ. Diese großen, runden Melonen, mit denen ich mich einen ganzen Monat vergnügen könnte. Sie sind so verdammt saftig, dass ich feststelle, wie ich ihre Bluse aufknöpfe. Nein, ich knöpfe sie nicht nur auf, ich reiße sie auf, und die Knöpfe reißen ab, während mir das Wasser im Mund zusammen läuft, und mein Schwanz darauf besteht, zu ficken.

„Du tust es schon wieder. Du siehst nur meinen Körper und willst mich nehmen."

Ich ließ meine linke Augenbraue sinken und schürzte verwirrt den Mund.

Wie bitte?

Darüber hatte sie sich noch nie beschwert.

Ich ließ meinen Blick nach unten gleiten, zu ihrer weißen Baumwollbluse, die über diesen wunderbaren Rundungen lag. Bumsen, ja, bumsen war genau das, was ich jetzt tun wollte.

„Verdammt, deine Titten, ich hatte noch nie eine Frau mit so großen Titten wie deinen ..."

Ich musste sie nur noch ihres BHs entledigen, aber es war, als hätte sie ein Gerüst oder so etwas an, das sie zurückhielt. Normalerweise würde sie einen sexy BH tragen. Heute nicht. Sie hatte einen Apparat an, der für alle Frauen unter hundert Jahren verboten sein sollte.

Sie stieß mich weg, aber ich war wie ein hungriger Wolf, der bereit war für einen Fressrausch. Scheiße, sie war bereit, mich zu füttern, ob es ihr gefiel oder nicht.

„Tu das nicht", knurrte ich und näherte mich ihr.

„Siehst du? Du willst mich nur für meinen Körper. Ich habe dir eine Frage gestellt. Antworte mir, Ross Hamilton!"

Sie hatte die Hände in die Hüften gestemmt und machte keine Witze. Ich hatte das Gefühl, sie hätte meinen Schwanz auf das Abstellgleis gestellt, obwohl er in ihre Richtung zeigte.

„Liebst du mich?"

Was?

Wir fickten erst seit einer Woche, nicht seit einem Jahr. Und selbst wenn ich das Interesse an ihr so lange aufrechterhalten könnte ... Liebe? Das steht für mich nicht auf dem Plan. Hatte es nie, und es würde auch jetzt nicht anfangen.

Mein Schwanz, der voll erigiert war, ging nach unten, als hätte ihn ein Windstoß heruntergezogen, und ich wusste, dass ich diese schöne Beziehung beenden musste, große Brüste hin oder her. Es war ausgesprochen, sogar für mich.

Mein Sexualtrieb war in den letzten zehn Sekunden getötet worden. Mein Herz raste wie wild und ich überlegte mir, ob ich lügen sollte oder nicht, aber mein Mund tat etwas ganz anderes.

Er öffnete und schloss sich wie die Jalousien in meinem Büro, wenn ich halbnackte Gesellschaft hatte, wie sie jetzt. Immer wenn ich wollte, dass die Leute wussten, was ich tat, ließ ich sie offen, damit ich sie auch ausspionieren konnte. Wenn sie geschlossen waren, dann ging sie das verdammt noch mal nichts an. So wie jetzt.

Ich atmete tief durch und kontrollierte all meine Emotionen, um sicherzustellen, dass meine nächsten Worte alles, was schief gelaufen war, vor der nächsten Viertelstunde verschwinden ließen, damit ich ein paar Minuten Zeit hatte, mich auf das nächste Meeting vorzubereiten.

Ihre Augen waren weit geöffnet und sie wartete auf meine Antwort.

Okay, jetzt war der Zeitpunkt gekommen. Ich werde es sagen. Ich werde es zum ersten Mal in meinem Leben tun. Diese drei Worte würden mich davon abhalten, verklagt zu werden und mich mit allerlei Scheiße herumschlagen zu müssen, die ich nicht gerne in der Öffentlichkeit tue.

Ich war ein Milliardär. Ich hatte meine Firma von Grund auf aufgebaut. Ich konnte das verdammt noch mal schaffen.

Sie kam näher zu mir und ich lächelte. Ich war kurz davor, die Worte zu sagen, die sie verdammt gern hören wollte.

Selbst wenn es eine Lüge war, sie war eine Frau. Die Wahrheit war ihr egal; sie wollte nur diese drei kleinen Worte hören.

Ich wollte das tun.

Ich musste es verdammt noch mal tun.

Einmal öffnete sich mein Mund. Ich war so nah bei ihr, dass ihre Titten gegen meine Brust pressten. Mein Schwanz war wieder bei der Sache und alles lief nach Plan.

„Ja?", fragte Scarlett, nickte mit dem Kopf wie eine Puppe.

Und dann platzte ich einfach heraus: „Nein."

Mein Schwanz schrie: „Du Idiot!", aber mein rasendes Herz nahm wieder seinen normalen Rhythmus an. Die Kopfschmerzen, die ich hatte, legten sich. Sie hob die Hand und gab mir eine Ohrfeige ins Gesicht. Sie machte sich nicht einmal die Mühe, ihr Hemd zuzuknöpfen. Sie ließ meine Tür weit offen, damit jeder sehen konnte, dass ich sie verführen wollte; dass ich meinen Schwanz wirklich nicht in der Hose behalten konnte. Ich sackte auf meinem Schreibtisch zusammen und dachte, dass es trotz allem das Beste sei. Es war das Richtige, so zu handeln.

Es gab nur ein Problem.

Ich tat nie das Richtige, wenn es um Herzensangelegenheiten ging.

Ich werde wohl alt – oder verdammt weich – und es war zum Kotzen!

Ich klopfte mir in die Hose, wo mein Schwanz noch halb hart war, und versicherte ihm, dass alles in Ordnung kommen würde.

Ich flüsterte: „Runter mit dir." Ich würde von jetzt an so viele verdammt kalte Duschen haben, dass es verdammt erschreckend war.

Es gab nur eine Möglichkeit. Eine Sache, die ich tun konnte, um aus diesem Schlamassel herauszukommen, dachte ich, als ich die Tür schloss und die Blicke ignorierte, die sich mir zuwandten. Scarlett war immer noch draußen und schrie, ich sei ein Lügner und versuchte, so viel Aufmerksamkeit wie möglich zu bekommen.

Verdammt, sie machte das Ganze so dramatisch!

Andererseits mochte ich das auch an ihr im Schlafzimmer. Sie hatte so laut geschrien, dass sie beinahe meinen verdammten Kronleuchter heruntergeholt hätte, denn sie hatte ein ziemliches Organ und hätte Opernsängerin oder Playboy-Häschen werden sollen. So oder so, sie hätte in beiden Berufen Erfolg gehabt.

Ich merkte bald, dass die Dinge nicht immer so verfahren sein mussten. Ich musste nur über den Tellerrand hinausschauen und diese ganze Scheiße aus einer anderen Perspektive sehen. Und da ging mir plötzlich ein Licht auf, also eilte ich zu meinem Schreibtisch und fing an zu tippen. Die Worte begannen zu fließen, als meine Idee auf meinem Bildschirm bald zu einer neuen Realität wurde.

Sehr geehrte Virtuelle Assistentin,

Moment. Ich kann sie doch nicht einfach virtuelle Assistentin nennen, oder? Wie, zum Teufel, hieß meine Assistentin? Mir wurde klar, dass ich überhaupt keine Ahnung hatte, wie ihr verdammter Name war. Wo konnte ich ihn finden? Scarlett war wirklich schlecht in ihrem Job als meine Sekretärin, und der einzige Grund, warum ich sie in meiner Nähe behalten hatte, war, um meinen Schwanz zu lutschen und um die Personalabteilung bei Laune zu halten; beides war mir wichtig. Sie konnte gut blasen und aus vollem Halse schreien. Und sie war verdammt heiß anzuschauen, vor allem, wenn sie ohne Höschen zur Arbeit kam.

Scheiße, ich wurde schon wieder abgelenkt. Ich musste schnell mit dem Tippen anfangen, um alles vor dem Meeting zu erledigen. Ich blätterte durch die E-Mails, die Scarlett mir von ihr weitergeleitet hatte.

Wo sind diese E-Mails?, fragte ich mich, während ich langsam die Geduld verlor, und schon wollte ich das Handtuch werfen, in der

Gewissheit, dass ich niemals rechtzeitig eine entsprechende E-Mail finden würde, aber nachdem ich sorgfältig gesucht hatte, fand ich doch noch eine.

Volltreffer!

Ihr Name war Olivia. Also löschte ich die Anrede "Liebe virtuelle Assistentin" und schickte eine persönlichere E-Mail. Ich wollte sie nicht wegen einer E-Mail verschrecken, ich wollte nur, dass sie ins Büro kommt.

Betreff: Anstellung im Büro

Liebe Olivia,

Es tut mir leid, dich so kurzfristig davon zu informieren.

Ich möchte, dass du aufhörst, eine virtuelle Assistentin zu sein, und für nur sechs Wochen im Büro arbeitest. Mehr verlange ich nicht, es ist nur so, dass Scarlett vorübergehend nicht verfügbar ist, und ich brauche wirklich deine Unterstützung im Büro.

Ich wäre dir dankbar, wenn du morgen früh um neun Uhr im Büro sein könntest, damit wir anfangen können.

Ross Hamilton

Geschäftsführer

Hamilton Investments

Ich hatte nicht damit gerechnet, dass sie sofort antworten würde. Selbst Scarlett tat das nie, und sie saß direkt vor meinem Büro. Ich war überrascht, als sie innerhalb von zwei Minuten, nachdem ich den Sendeknopf gedrückt hatte, bereits auf meine Nachricht geantwortet hatte. So gut war sie! Olivia war seit über zwei Jahren bei der Firma, hatte aber nie einen Fuß in dieses Gebäude gesetzt. Ich fand es seltsam, dass sie nie hereingekommen war, und dass ich selbst dann nicht auf sie verzichten konnte, obwohl ich jemand anderen als Sekretärin bezahlte, aber die Personalabteilung hatte vorgeschlagen, dass ein VA genau das war, was ich brauchte, also hatte ich eine eingestellt.

Sogar einige der Damen, die ganztägig von zu Hause aus arbeiteten, kamen ab und zu im Büro vorbei, besonders wenn es um die Büroparty ging, aber Olivia? Ich hatte sie noch nie zuvor gesehen. Ich wusste nicht, ob das gut oder schlecht war, und im Moment war es mir egal. Ich musste einen Ersatz finden, und die nächsten sechs Wochen würden ausreichen, um alles zu erledigen und sicherzustellen, dass die Personalabteilung sich wegen dieser Situation mit Scarlett nicht nur wegen des Verlusts des Vertrags mit der Arbeitsvermittlung, sondern möglicherweise auch wegen einer Klage wegen sexueller Belästigung aufregen würde.

Die Mitarbeiter beschwerten sich den ganzen Tag über die Arbeit, aber in dem Moment, in dem ihnen etwas geschenkt wurde, wie bei der Weihnachtsfeier des Unternehmens, zögerten sie nicht, ins Büro zu kommen – kostenloses Essen und Trinken, mit Musik. Niemand ließ sich das entgehen, vor allem nicht in diesem Büro.

Re: Anstellung nicht im Büro.

Sehr geehrter Mr. Hamilton

Vielen Dank für Ihre E-Mail. Ich muss sagen, dass ich überrascht war, eine E-Mail von Ihnen und nicht von Scarlett zu erhalten, denn ich glaube, dass sie bisher am längsten als Ihre Sekretärin dabei war. Wie Sie wissen, arbeite ich nicht nur für Ihre Abteilung, sondern auch für das gesamte Unternehmen.

Haben Sie etwas dagegen, wenn ich meine Aufgaben für die Woche abschätze, bevor ich fest zusage, morgen ins Büro zu kommen?

Mit freundlichen Grüßen,

Olivia Watson

Virtuelle Assistentin

Hamilton Investments

Ich las ihre E-Mail erneut und starrte sie ausdruckslos an. Sie dachte anscheinend, ich würde ihr die Möglichkeit geben, morgen oder sogar übermorgen zu kommen. Es gab keine verdammte Wahlmöglichkeit, es handelte sich auch nicht um eine Bitte. Sie musste morgen ins Büro kommen. Ich war der Geschäftsführer, für wen auch immer sie sonst noch arbeitete, sie mussten warten. Es war mir egal, es war nicht mein Problem. Ich hatte nur ein Problem, und das war, dass ich morgen eine neue Sekretärin im Büro brauchte!

Betreff: Das ist keine Option!
Olivia.
Bitte sei morgen um sieben im Büro.
Ross

Ich wartete nicht auf ihre Antwort. Es stand nicht zur Debatte: Sie musste morgen früh in meinem Büro sein, sonst würde sie ihren Job verlieren. Ich kannte ihre Situation nicht, und ich musste zu diesem Meeting gehen. Man sagt, die Zeit vergeht wie im Flug, wenn man sich amüsiert; ich habe das Sprichwort nie verstanden, weil sie nie schnell zu vergehen schien, wenn ich es brauchte. Ich rief die Personalabteilung an und bat sie, mir die Einzelheiten mitzuteilen, im Vertrauen darauf, dass ich morgen eine Sekretärin an meiner Seite haben würde. Olivias mangelnder Enthusiasmus für die Änderung der Abmachungen nach zu urteilen, war ich zuversichtlich, dass es nur Arbeit und kein Vergnügen sein würde. Sie musste eine Einzelgängerin oder so etwas sein. Ich hatte auf dem Spielplatz mit Mädchen herumgealbert, anstatt mit echten Frauen in Kontakt zu kommen. Erfahrene, die ihre Gefühle unter Kontrolle hatten. Ich war fünfunddreißig, und es war an der Zeit, dass ich anfing, mich meinem Alter entsprechend zu verhalten und mich nur an Frauen in meinem Alter zu wenden, denn nicht alle wollten nach der ersten Woche einen Ring am Finger.

Es war eine gute Sache, dass eine Einzelgängerin wie Olivia, die wahrscheinlich sogar viele Katzen besaß, anfing im Büro zu arbeiten. Denn eines stand fest: Es war unwahrscheinlich, dass ich von ihr in Versuchung geführt werden würde, was bedeutete, dass ich ausnahmsweise einmal meinen Schwanz in der Hose behalten würde. Sie musste eine alte Jungfer sein, sonst würde sie zumindest auf der Büroparty auftauchen. Stattdessen blieb sie lieber zu Hause, aber ihre

Zeit, in der sie von zu Hause aus arbeitete, war für die nächsten sechs Wochen vorbei, und daran sollte sie sich besser gewöhnen.

Kapitel Zwei
Olivia

Mein Finger schwebte über der Tastatur und ich war bereit, ihm zu sagen, dass ich nicht ins Büro kommen konnte. Schließlich ging es als virtuelle Assistentin genau darum, zu Hause zu bleiben, was verstand er daran nicht?

Ich musste mich um meine Mutter kümmern und konnte es mir nicht leisten, eine Krankenschwester einzustellen, um sie zu betreuen. Das Unternehmen bezahlte mich zwar gut, aber nicht *so* gut, dass ich mir eine private Krankenschwester leisten konnte. Ich überlegte mir, ob ich für die nächsten paar Wochen um eine Gehaltserhöhung bitten sollte, damit ich mir eine Krankenschwester leisten konnte.

Das könnte eine Option sein.

Scarlett kannte meine Situation, was dazu führte, dass ich weitaus mehr Stunden arbeitete als in einem Büro. Immer, wenn ich mich nicht gerade um meine Mutter kümmern musste, arbeitete ich. Ich war früher in der obersten Führungsebene tätig, aber in dem Moment, als meine Mutter an Demenz erkrankte, begann ich von zu Hause aus zu arbeiten. Zuerst war es in Ordnung, dass eine Krankenschwester sich in Teilzeit um sie kümmerte, denn sie hatte gute und schlechte Tage, und ich konnte im Haus sein und während der Bürozeiten viel mehr erledigen, aber in letzter Zeit ging es ihr immer schlechter. So schlimm, dass die Belastung durch Arbeit und wenig Schlaf mir langsam an die Substanz ging.

Seit ich zu Hause arbeitete, verbrachte sie die meiste Zeit mit mir im Zimmer. Manchmal las sie mit geringer Konzentration immer wieder dieselbe Seite. Manchmal wurde ihr das Lesen zu viel und sie saß wie ein Zombie vor dem Fernseher.

Ich arbeitete seit fast drei Jahren bei Hamilton Investments und ich wollte das nicht ändern. Ich hatte früher andere Kunden gehabt, und es war einfach, allen gerecht zu werden, weil ich so viel Arbeit erledigen konnte. Ich konnte für die anderen Kunden nachts oder in den frühen Morgenstunden arbeiten, zum Beispiel für Kunden aus Übersee. Aber in letzter Zeit, als der Geisteszustand meiner Mutter immer mehr nachließ, hielt ich mich an einen einzigen Kunden, an Hamilton Investments.

„Ich muss ihm die Wahrheit sagen, vielleicht sieht er es ein?", sagte ich zu meinem Laptop und versuchte mich dazu zu motivieren, das Handy zu nehmen und ihn anzurufen.

E-Mails waren immer so unpersönlich und schließlich war er auch nur ein Mensch, er würde es verstehen, wenn ich es ihm erklärte.

Mom rief: „Wer, meine Liebe?"

„Mein Chef."

Sie schüttelte den Kopf: „Wer bist du?"

Als ich ihr gerade antworten wollte, sah ich die Verwirrung in ihren Augen. Die Verwirrung, die immer dann da war, wenn sie vergessen hatte, ihre Tabletten zu nehmen.

„Scheiße!", rief ich und eilte in die Küche. Das Problem an Mom in diesem Zustand war, dass sie nicht wütend wurde. Wenn überhaupt würde sie anfangen, über ihre Verwirrung zu weinen.

„Wer bist du?", fragte sie mich, und als ich aufstand, drehte ich mich um und sah sie. So schlecht war es ihr schon lange nicht mehr gegangen.

Ich war enttäuscht, denn gestern hatten wir einen guten Tag gehabt, und das schenkte mir Hoffnung, dass die Ärzte sich vielleicht geirrt hatten. Sie hatten mich davor gewarnt, dass ihr Zustand immer schlimmer werden würde, doch ich wollte ihren Worten keinen Glauben schenken. Ich holte Zweit- und Drittmeinungen ein, doch sie sagten mir alle das Gleiche. Im Internet las ich dann über andere Betroffene, denen eine Umstellung der Ernährungsgewohnheiten geholfen hatte. Natürlich waren sie noch nicht geheilt, aber diese Ernährungsumstellung in Kombination mit Medikamenten hatte den Prozess verlangsamt, und ich war überzeugt davon, wenn ich genug

Zeit und Mühe investieren würde, würde mit meiner Mutter das Gleiche passieren.

Gestern waren wir im Park gewesen, und sie hatte von den guten alten Zeiten erzählt. Und zwar nicht so, als würde sie jetzt in dieser Zeit leben, was manchmal auch vorkam, sondern so, als würde sie sich daran erinnern. Es war, als hätte sie ihr Langzeitgedächtnis angezapft und sie erzählte mir von ihrer Kindheit. Es war, als wäre sie wieder wie früher, und sie sprach nicht nur über ihre, sondern auch über meine Kindheit. Sicherlich, sie glaubte, dass sie mit einem Fremden sprach, aber es machte mir trotzdem Hoffnung. Gab mir ein warmes Gefühl. Zu wissen, dass ein Teil ihrer Erinnerung übrig blieb, dass irgendwo da oben in ihrem Gehirn meine Mutter noch existierte. Diejenige, die ich vor fast drei Jahren verloren hatte. Hin und wieder kam sie zurück. Manchmal machten diese Momente mich völlig fertig, weil sie mich daran erinnerten, was wir beide durch ihre Krankheit verloren hatten.

„Ich bin hier, um dir zu helfen." Ich begann langsam zu atmen und versuchte, sie dazu zu bringen, sich zu konzentrieren. Es war eine Technik, die ich gelernt hatte, als ich an einem Kurs teilnahm, um zu lernen, wie man sich um einen demenzkranken Angehörigen kümmert.

Ihre dunklen Augen füllten sich mit Tränen, als sie zu mir hinüberblickte. Ich wusste, dass das nächste Stadium bald kommen würde. Ich glaube, sie spürte es auch. „Ich erinnere mich einfach nicht. Ich weiß nicht wer du bist. Ich weiß nicht, wo ich bin. Ich erinnere mich an gar nichts."

Sie schaute nach unten, und ich sah, dass sie sich in die Hose gemacht hatte. Ich musste sie umziehen und ins Bett bringen. Ich hatte das großzügige finanzielle Angebot gesehen, das Mr. Hamilton mit seiner letzten E-Mail geschickt hatte, in der er mich aufforderte, ins Büro zu kommen, als hätte er meine Gedanken gelesen. Ich konnte es nicht ablehnen; denn ich hatte mit diesem Job eine große Rückstufung hinnehmen müssen, und ich konnte es mir nicht leisten, den Gedanken eine Hilfskraft anzuheuern, einfach so abzutun, selbst wenn es nur ein paar Tage pro Woche waren.

Ich musste ins Büro gehen, da gab es keinen Zweifel. Ich holte tief Luft und lächelte Mom an und versuchte, meinen Frust nicht an ihr auszulassen. Ich hatte große Unternehmen geleitet und war früher ständig gestresst, aber das war nichts im Vergleich dazu, mich um meine Mom zu kümmern. Die emotionale Belastung forderte manchmal ihren Tribut von mir, und ich musste mich daran erinnern, dass das ganz natürlich war. Ich war auch nur ein Mensch; es war normal, dass es mir manchmal zu schaffen machte. Ich ging früher zu einer Selbsthilfegruppe, aber dann ging ich nicht mehr hin, weil wir die meiste Zeit nur noch zusammenkamen und weinten. Immer wenn ich dort war, kam meine Tante und kümmerte sich ein paar Stunden lang um Mom; aber dann fand ich es zu deprimierend, um weiterzumachen, also hörte ich auf. Außerdem mussten die Rechnungen bezahlt werden, und ein soziales Leben schien nicht mehr so wichtig zu sein.

„Zeit für ein Bad?", fragte sie mich hoffnungsvoll. Sie war begeistert von der Idee, ein Bad zu nehmen. Es war noch etwas zu früh, um ein Bad zu nehmen, aber wir brauchten beide eine Ablenkung. Normalerweise badete ich sie abends, wenn sie unruhig wurde und nicht ins Bett gehen wollte.

Ich beschloss, sie früher hochzubringen und sie etwas tun zu lassen, was ihr Spaß machte. Sobald ich Mama zum Baden nach oben gebracht und das Badesalz hinzugefügt hatte, lächelte sie mich an.

Ich liebte es, ihr Lächeln zu sehen.

Sie schaute mich mit einem strahlenden Lächeln voller Freude an. „Das sieht so schön aus."

Ich nickte zustimmend und half ihr, in die Wanne zu steigen. Sie sank mit einem Seufzer ins Wasser, und es war, als wären all ihre Sorgen weggespült worden, als das warme Wasser sie umgab.

Ich wünschte, ich könnte mit ihr hineinklettern, da ich anfing, nervös zu werden, weil ich ins Büro gehen musste. Nachdem Mom ihr

Bad genommen hatte und ich sie sicher auf der Wohnzimmercouch untergebracht hatte, räumte ich die Küche auf und telefonierte dann mit meinem Bruder.

Es würde zwei Wochen dauern, bis mein erster höherer Gehaltsscheck kam, und dann würde ich eine Krankenschwester einstellen können. Ross sagte, dass es nur sechs Wochen dauern würde. Ich ging davon aus, dass sich danach alles wieder normalisieren würde. Bis dahin würde Brett, mein Bruder, sich um sie kümmern müssen. Ein Besuch einmal im Monat, obwohl er nur fünf Minuten entfernt wohnte, war nicht gut genug. Ich hatte es satt, mich wie ein Einzelkind zu benehmen und die gesamte Verantwortung zu übernehmen. Zum ersten Mal in seinem Leben würde er nicht mehr von seinem minimalen Gehaltsscheck von Starbucks leben müssen. Er arbeitete dort nur am Wochenende. Das war alles, was er tun musste, um das Zimmer, in dem er wohnte, zu bezahlen, und damit konnte er überleben. Mein Bruder war nicht ehrgeizig und kam immer über die Runden, obwohl er außerordentlich wenig im Leben tat. Er musste etwas Sinnvolles mit seinem Leben anfangen, wozu zu diesem Zeitpunkt auch gehörte, sich um Mom zu kümmern.

Kapitel Drei
Ross

Es war kurz vor sieben und ich saß bereits an meinem Schreibtisch. Verdammt, man könnte denken, ich würde auf eine Verabredung oder so etwas warten. Seit meiner letzten Nachricht, als ich Olivia befohlen habe, ihren Hintern herzubewegen, habe ich nichts mehr von ihr gehört. Ein Teil von mir machte sich Sorgen, ob sie überhaupt auftauchen würde. Ich hatte ihr ein sehr großzügiges Angebot gemacht, nachdem ich ausgerechnet hatte, wie viel ich Scarlett und ihr bezahlte, und habe es verdreifacht.

Mein Laptop war geschlossen, und mein Telefon lag vor mir.

Wie zum Teufel sah diese Olivia aus?

Ich hatte ihre Hände, Füße und sogar die Spitze ihres verdammten Kopfes auf ihrem Finanzinvestitionsblog gesehen. Anscheinend hatte sie irgendwann ein Buch schreiben wollen, hatte dann aber in den letzten Monaten aufgehört, auf ihrem Blog zu posten. Es war von einem Posting pro Woche zu einem Posting alle zwei Monate übergegangen. Es gab kein Foto von ihrem Gesicht; es war so verdammt seltsam. Ich hatte eine Vision davon, wie verheerend hässlich sie war, bis ich ihre Füße sah. Sie bewiesen, dass sie nicht hässlich war, es sei denn, es waren nicht einmal ihre verdammten Füße. Die Leute machen irgendeinen abgefuckten Scheiß im Internet. Ich erinnerte mich daran, dass ich eine Geschichte über eine Autorin gehört hatte, die das Foto eines brasilianischen Models gestohlen hatte, nur damit jeder denken konnte, sie sei eine sexy Tussi, die sexy Scheiße schreibt.

Alec, mein bester Freund, platzte herein und lenkte mich völlig davon ab, darauf zu warten, dass Olivia auftaucht.

„Warum sitzt du da so rum? Das ist echt merkwürdig."

Ich stand auf, um zu versuchen, das Gesicht zu wahren; er hatte recht. Ich war nicht der Typ, der sich hinsetzt und wartet, aber ich hatte am Abend zuvor herumgeschnüffelt, als ich nach Hause kam. Und dann fing ich an, Angst zu bekommen, dass sie eine der Frauen war, die von der Polizei gesucht wurden, und das der Grund war, warum sie ihre Identität verheimlichte. Scarlett kam heute nicht ins Büro, ich hatte ihr gesagt, sie solle ein paar Tage Pause machen. Es war mir gelungen, ihr weiß zu machen, dass sie Urlaub bräuchte und dass eine zeitweise Trennung vielleicht gut für uns wäre.

„Alle Paare brauchen gelegentlich eine Pause. Es tut ihnen nur gut. Sie vermissen einander umso mehr", log ich, da ich noch nie in einer Beziehung war. Was zum Teufel wusste ich schon darüber? Ich konnte ihr ja schlecht sagen, dass ich ihre Fähigkeiten als Sekretärin nicht vermissen würde, nur ihre sexuellen Fähigkeiten.

Ich dachte wieder an Olivia, wahrscheinlich war das der Grund, warum sie ihr Gesicht verbarg: Sie wurde gesucht. Das war die einzige Erklärung, die einen Sinn ergab, schließlich wohnte sie nicht allzu weit weg, also konnte es sich nicht um ein Transportproblem handeln.

Verdammt, ich dachte, nur Frauen seien paranoid. Allerdings hatte ich bei meiner Geschichte das Recht darauf, paranoid zu sein, verdammt noch mal.

„Ist Scarlett abgehauen?"

Mein bester Freund war die einzige Person auf diesem Planeten, den ich nicht belügen konnte.

„Das kann man so nicht sagen."

„Also hast du sie gefeuert?", fragte Alec in dem Versuch, mich zu einer Antwort zu bewegen. Ich hielt mich bedeckt, aber nur, um mein Gesicht zu wahren.

Mir war klar, dass er mich auslachen würde, also erzählte ich ihm die Wahrheit: „Ich habe den Fehler gemacht und sie gefickt."

„Mal was ganz Neues", sagte er, als er den Apfel, den er zu essen gedachte, wenn er sich an seine Diät halten könnte, in die Luft warf. Alec war nicht so taktvoll wie ich, deshalb waren wir beste Freunde. Wir erzählten uns nie irgendwelchen Mist. Wir kannten uns seit dem College, und wir verstanden uns gut. Als ich das Unternehmen eröffnen wollte, war es nur logisch, dass ich mit ihm zusammenarbeite, denn er war jemand, auf den ich mich verlassen konnte und, was am wichtigsten war, jemand, dem ich vertrauen konnte.

„Und ehe ich mich versah, kam ich zur Arbeit und sie verlangte von mir, dass ich ihr sage, dass ich sie liebe. Dabei war es schon komisch genug, dass sie ein paar Fotos auf meinem Schreibtisch gelassen hat."

„Fotos wovon?"

Es war zu früh am Morgen, um darüber zu sprechen, aber ich wusste, dass er sich nicht abspeisen lassen würde, also beschloss ich, ihm die ganze Geschichte zu erzählen. Allerdings war mir klar, dass ich einen Schluck Bourbon brauchte, also ging ich zu der kleinen Bar in der Ecke meines Büros; normalerweise trank ich nicht so früh am Morgen, aber ich brauchte etwas, um mich zu entspannen.

„Von ihrem Verlobungsring. Oh, und ich habe dir noch gar nicht gesagt, dass sie wollte, dass ich ihr sage, dass ich sie liebe. Das sage ich nicht einmal meiner Mutter. Geschweige denn, zu jemandem, den ich eine Woche lang gevögelt habe. Ich musste sie loswerden und ihr sagen, dass sie vorübergehend beurlaubt war, dass es das Beste sei, wenn man sich als Paar auch mal eine Zeit lang trennt. Ich hatte schon die Befürchtung, heute zur Arbeit zu kommen und ihr Hochzeitskleid auf meinem Schreibtisch zu finden."

„Jungfrauen!" Alec gab mir ein Zeichen, dass ich ihm auch ein Glas einschenken sollte.

Ich schüttelte den Kopf: „Sah sie für dich wie eine Jungfrau aus?"

Ich gab ihm sein Glas und er erwiderte: „Sie war jung und aus Kansas und arbeitete erst seit zwei Wochen in der Stadt, bevor du sie eingestellt hast. Wie alt war sie noch? Einundzwanzig? Wenn überhaupt. Natürlich sah sie heiß aus, aber sie hatte kaum Erfahrung, keine besondere Qualifikation, und ich bin mir ziemlich sicher, dass du sie nicht aufgrund ihrer Fähigkeiten eingestellt hast. Hast du dir überhaupt ihren Lebenslauf angesehen?"

Ich ignorierte seine Frage und dachte, dass ich sie aus den falschen Gründen eingestellt hatte, als ich meinen Bourbon auf ex austrank und zur Bar ging, um mir noch einen zu holen. Danach bräuchte ich einen Espresso, und dann würde ich auf Alkohol für den Rest des Tages verzichten.

„Ich habe erst am Montag angefangen, sie zu bumsen und jetzt will sie schon Mrs. Hamilton werden. Was zum Teufel soll das?"

„Also willst du, dass ein Unternehmen vom Arbeitsministerium fertig gemacht wird, weil du es nicht schaffst, deinen Schwanz in der Hose zu behalten?"

Ich zögerte einen Moment, bevor ich sein Glas nahm, da er mir andeutete, dass er auch noch ein Glas wollte. Ich war versucht, ihn nach seiner Frau, Erika oder sogar nach seinen Kindern zu fragen, nur um das Thema völlig zu wechseln. Er war der finanzielle Leiter, und damals in Yale war er nur daran interessiert, die Chef-Cheerleaderin zu ficken, während ich mich darauf konzentrierte, das ganze Team zu ficken.

Er verlobte sich mit Erika, und in dem Moment, als wir in Yale fertig waren, waren sie verheiratet. Seitdem haben sie fast jedes Jahr Kinder bekommen. Ich hätte gedacht, dass sie nach dem ersten Kind langsamer machen würden. Doch es kamen fast jedes Jahr mehr Kinder zu ihrer Familie hinzu, weshalb er es langsamer angehen und nicht so viel arbeiten wollte. Er wollte mit einer anderen Firma fusionieren und einen hinteren Platz oder eine leichtere Rolle in der Firma einnehmen. Deshalb musste unsere verdammte Firma blitzsauber sein. Wir mussten so aussehen, als hätten wir die Kontrolle und wüssten, was wir verdammt noch mal taten. Deshalb wollte ich ihm nicht die Wahrheit über Scarlett sagen, aber ich wusste, dass er es herausfinden würde. In dieser Firma hatten die Frauen große Münder und die Männer noch größere; sie alle liebten es, zu tratschen.

„Nein natürlich nicht. Aber hör mal zu, ich hatte da eine Idee."

Er zog eine Augenbraue hoch, nachdem er sein Glas Bourbon ausgetrunken hatte. Er reichte mir sein Glas und nickte mir zu, damit ich es wieder auffülle, und ich merkte, dass er noch gestresster war als ich. Was seltsam war, denn normalerweise war es bei uns beiden genau umgekehrt.

„Erinnerst du dich an die virtuelle Assistentin? Die, die ich als Backup hatte, als ich herausfand, dass die Sekretärinnen nicht so gut waren. Sie war immer da, um die Lücke zu füllen."

„Diejenigen, die du gevögelt hast, die bei denen du dabei bist sie zu vögeln, oder von denen du vor hattest, sie zu vögeln?"

Ich reichte ihm das Glas und ignorierte seinen Kommentar erneut.

„Nun, sie kommt ins Büro. Ich dachte, dass du sie bist. Das heißt—"

„Du musst deinen Schwanz in der Hose behalten und sie nicht in eine der drei Kategorien stecken, die ich gerade aufgezählt habe. Nein, ich will kein weiteres Glas und du solltest es auch nicht; ich wollte dir nur das Glas zurückgeben, da du heute Morgen der Barkeeper bist." Er seufzte, ging zum Sofa und setzte sich.

„Ich bin hierhergekommen, um zu sagen, dass wir ein Treffen mit Rogers and Company haben, aber jetzt habe ich das Gefühl, dass ich es verdammt noch mal absagen muss. Du musstest einfach –"

„Was hast du gesagt?"

Ich hatte ihn gehört, aber zum ersten Mal seit langer Zeit war ich aufgeregt und nicht auf sexuelle Art und Weise erregt. Ich war einfach verdammt froh, dass die Dinge besser liefen, als ich erwartet hatte, denn in New York war es schwer, in ein Unternehmen einzusteigen, das größer war als das eigene. Sie neigten dazu, die Nase über kleine Fische wie uns zu rümpfen, und wir waren nicht so klein, ich hatte über 200 Mitarbeiter, aber sie hatten zehnmal so viel, daher war ich überrascht, als ich diese Neuigkeit hörte.

„Hast du gerade gesagt ...?"

Er nickte; ich hatte Angst, die Worte auszusprechen, damit ich es nicht verschrie. Unser Hauptkonkurrent war bereit, mit uns zu fusionieren. Wir hatten Fühler nach Unternehmen ausgestreckt, aber wir hatten nie erwartet, dass sie zu den interessierten Firmen gehören würden. Das bedeutete, dass wir, wenn sie es täten, die größte Investmentgesellschaft in Amerika wären.

„Wie kann das sein? Was ist passiert? Ich war zu sehr damit beschäftigt, mich auf einen Firmenzusammenschluss mit Jones Investors zu konzentrieren." Ich zitterte, als ich an die Namen dachte, mit denen wir jongliert hatten, von denen Alec gesagt hatte, dass er Kontakt aufnehmen würde. Unternehmen, die unsere Größe hatten oder nur einen Bruchteil kleiner waren. Unternehmen, die uns größer, aber nicht besonders groß machen würden. Rogers würde uns verdammt groß machen.

Scheiße. Ich packte ihn und küsste ihn auf die Lippen. Ich wollte, dass er mein Geschäftspartner wird, aber er wollte nicht, dass sein Name im Rampenlicht steht. Er wollte mich nur von der Seitenlinie aus unterstützen und mich auf dem rechten Weg halten. Alec war ein wahrer Freund. Einer, von dem ich wusste, dass ich ihn für immer in Ehren halten würde, denn er stand immer hinter mir.

„Tu es nie wieder, das ist verdammt eklig! Und außerdem passt Rogers besser zu uns als Jones." Er lachte und stieß mich zurück, als ich erneut versuchte, ihn zu küssen oder zu umarmen, ich war mir noch nicht ganz klar, welches von beiden. Aber vielleicht hatte er recht, und ich sollte besser nichts mehr trinken, denn der Alkohol war mir ganz offensichtlich schon zu Kopf gestiegen.

„Entschuldigung, ich hatte schon einmal geklopft, aber sie waren ..."

Alec stand auf, und es war ihm peinlich, dass wir dabei erwischt worden waren, wie wir uns küssen, denn es war ganz anders, als es aussah. Aber verdammt, ich würde einiges mehr tun, als ihn nur zu küssen, wenn ihm die Fusion mit der anderen Firma tatsächlich gelang.

„Entschuldigung, Ross war gerade ein bisschen zu sehr aufgeregt. Ich bin Alec, und behalte die Finanzen im Auge, und ich werde jetzt gehen, für den Fall, dass er erneut versucht, mich zu küssen!"

„Ich bin Olivia, die virtuelle Assistentin", sagte sie leise. Alec sah mich an und flüsterte: „Benimm dich!", bevor er sich umdrehte und aus der Tür ging. Ich war schockiert über diese dunkelhaarige, smaragdäugige Schönheit – mit Hüften, die mich reiten konnten, und einem Mund, der mich ganz in sich aufnehmen konnte – die meine neue Sekretärin war.

Das würde wirklich nicht gut gehen. Ich brauchte Hilfe, um sicherzustellen, dass dieses Geschäft zustande kam. Ich wollte nichts mit Mädchen zu tun haben, aber Olivia ist weit entfernt von einem Mädchen. Sie ist eine heiße, atemberaubende, beschissene Verführerin. Eine, die ich nicht brauche. Ich stolperte wie ein Idiot über meine eigenen Füße, als ich versuchte, auf sie zuzugehen.

Scheiße, ich stecke in Schwierigkeiten.

Mein Schwanz stimmte zu: „Und wie!“

Kapitel Vier
Olivia

Ich hatte schon so lange nicht mehr in einem richtigen Büro gearbeitet. Wie lang war das jetzt her?

Also war ich verdammt nervös und konnte die ganze Zeit nur an meine Mutter und meinen Bruder zu Hause denken, und dann platzte ich auch noch herein, als mein Chef den Leiter der Finanzabteilung küsste!

Natürlich ging mich das eigentlich nichts an, und seine sexuelle Orientierung war mir auch egal, ich hatte nichts dagegen. Allerdings hatte ich den Ehering an der Hand des Finanzleiters gesehen, aber nicht an der von Ross. Ich fand es nur komisch, weil Scarlett mir in ihrer letzten E-Mail geschrieben hatte, dass sie Mr. Hamilton heiraten würde.

Vielleicht steht er auf Männer und Frauen?

Er wäre jedenfalls nicht der Erste. Ich hoffe nur, dass es Scarlett nicht allzu viel ausmachte, ihn teilen zu müssen. Allerdings war das vielleicht der Grund, warum ich jetzt plötzlich im Büro gebraucht wurde. Scarlett hatte ihn mit einem anderen Mann erwischt und musste Urlaub nehmen, um mit der Situation klarzukommen. Nachdem Mr. Hamilton mir eine E-Mail geschrieben hatte, indem er mich bat, ins Büro zu kommen, schrieb ich an sie, aber sie hat nicht geantwortet.

„Ich war um sieben hier, wie Sie es wünschen, und habe den Vertrag unterzeichnet." Ich sah ihn nicht an, um mich davon abzulenken, wovon ich Zeuge geworden war, als ich den Raum betreten hatte, aber das war einfach so verdammt schwierig.

Ich war nur aus einem einzigen Grund hier.

Um zu arbeiten.

Auch wenn der Mann einen Ruf hatte, wollte er Scarlett heiraten. Sie schickte mir sogar eine E-Mail mit der Bitte, mir das Datum zu merken. Ich konnte verstehen, warum sie so aufgeregt war, ihn zu heiraten. Ich bekam ganz weiche Knie, wie er mich so mit seinen stechenden haselnussbraunen Augen anstarrte, die mehr zu braun tendierten, als ich in sein Büro kam. Doch als er näher kam, sah ich, dass sie grüner zu werden schienen. Er trug einen schwarzen Anzug, ein schwarzes Hemd und eine silberne Krawatte. Seine gebräunte Haut und seine markante Kieferpartie deuteten auf eine gute Gesundheit hin und darauf, dass er viel Zeit im Freien verbrachte. Er sah viel jünger aus als es seinem Alter sprach. Ich hatte ihn auf der Titelseite des Forbes-Magazins gesehen, wo er reifer, älter und düsterer aussah als im wirklichen Leben. Es gefiel mir nicht, dass ich mich sofort zu ihm hingezogen fühlte, aber ich fühlte mich, als hätte ich alle meine Sinne verloren, als ich ihn wie in Trance anstarrte.

Er kam zu mir hinüber und überragte mich mit seiner Größe von zwei Metern, und ich vergaß, was ich als Nächstes sagen wollte.

„Schön, äh, ich meine, gut ... Ich wollte nicht ... du bist Olivia, richtig?", fragte er. Der Duft seines Eau de Cologne stieg mir in die Nase und der warme, würzige Geruch sorgte dafür, dass etwas in mir schmolz. Und ich konnte es nicht aus dem Kopf bekommen, während er sprach. Ich sah, dass seine Lippen sich bewegten, konnte mich aber nur darauf konzentrieren, wie seine Zunge sich an seinen sinnlichen Lippen bewegte.

„Olivia, die virtuelle Assistentin?"

Ich nickte, doch dann musste ich plötzlich mehr tun, als nur zu nicken, als er mir die Hand hinstreckte. Ich wollte sie nicht schütteln. Ich wollte nicht mal im gleichen Zimmer mit ihm sein.

„Deine Füße habe ich schon gesehen", platzte er heraus, als ich seine Hand schüttelte.

„Wie bitte?", sagte ich, als wäre ich aus einem tiefen Schlaf erwacht.

„Entschuldige, ich habe nur laut gedacht."

„An meine Füße?"

Also diese ganze Situation war einfach zu merkwürdig. Erst küsste der Mann seinen Finanzleiter und nun sagte er etwas über meine Füße.

„Auf deinem Blog. Da habe ich deine Füße gesehen."

„Ja, dort kann man sie sehen ..."

Ich hatte keine Ahnung, was hier los war. Ich fragte mich, ob ich vielleicht in eine Episode von Twilight Zone geraten war oder sowas. Er hielt meine Hand noch immer und begann jetzt, sie zu streicheln.

„Deine Hände habe ich auch gesehen."

So langsam machte er mich nervös.

Mein Telefon klingelte, also eilte ich schnell aus dem Büro und sagte leise „Entschuldigen Sie mich bitte", und er nickte einfach.

Ich wusste, dass es so früh am Morgen nur eine Person gab, die mich anrief. Mein Bruder.

„Brett, was ist denn los?"

„Oh, Olivia, ich weiß nicht, wie ich das schaffen soll."

Ich atmete tief durch, um mich nicht aufzuregen. Mein Herz raste wie wild, und am liebsten hätte ich ihn angeschrien. Was zum Teufel wollte er damit sagen?

„Was denn?"

„Ich bin gerade angekommen und sie erkennt mich nicht mal", jammerte mein Bruder und ich hätte ihm am liebsten eine Ohrfeige verpasst. Und zwar eine richtig feste.

So ging es mir praktisch jeden Tag. Sie wusste nicht, wer ich war, sie wollte mich nicht in ihrer Nähe haben, aber dann kam sie aus dem Dunst heraus und alles war wieder in Ordnung. Warum dachte er, ich sollte die Einzige sein, die mit dieser Scheiße zu kämpfen hatte? „Dann habe ich sie gefüttert, nachdem ich sie erst mal beruhigt hatte, muss ich dazu sagen, und sie ist ganz wütend auf mich geworden und hat mit dem Essen nach mir geworfen", sagte er, und ich musste mich zusammenreißen und tief durchatmen.

Was meinte er mit sie gefüttert? Schließlich war sie doch kein Hund! Sie fütterte ihre Mutter nie. Sie stellte das Essen vor sie hin und ihre Mutter aß alleine.

„Und was hast du ihr zu essen gegeben?" Am liebsten hätte ich ihn gefragt, was er damit meinte, dass er sie *gefüttert hatte*. Doch jetzt war weder der richtige Zeitpunkt noch der richtige Ort dafür, obwohl ich es später auf jeden Fall ansprechen würde.

„Oh, ich war bei McDonald's und habe ihr Frühstück besorgt. Pfannkuchen mit Sirup."

Was zum Teufel sollte das? Er hatte sie allein gelassen, um zu McDonald's zu gehen? Kein Wunder, dass sie ihm das Essen an den Kopf geworfen hatte. Ich hätte dasselbe getan. Konnte er das Frühstück nicht selbst machen?

„Hast du sie mitgenommen?", fragte sie, weil sie ihn nicht ungerecht behandeln wollte.

„Nein", keuchte er, als fände er die Frage unmöglich.

„Also hast du sie alleine zu Hause gelassen?" Leider konnte ich das verärgerte Knurren nicht unterdrücken, das bei der Frage mit herauskam.

„Ja, natürlich. Es schien ihr gut zu gehen, als ich heute Morgen hergekommen bin", jammerte er noch ein wenig weiter. Es war immer das Gleiche mit ihm. Abstreiten und jammern, zwei Dinge, die sie leidenschaftlich hasste.

Es ging ihr gut, als er angekommen war, weil sie noch geschlafen hatte. Ich war ein wenig überrascht, dass er es geschafft hatte, sie zu wecken und zu McDonald's zu gehen, seit ich zur Arbeit aufgebrochen war. Ich hatte nur zwanzig Minuten gebraucht, also musste er ziemlich schnell gehandelt haben. Allerdings lag der nächste McDonald's nur fünf Gehminuten von unserem Haus entfernt.

„Wie auch immer, es ist alles unter Kontrolle. Ich meine, es war ziemlich egoistisch von dir, von mir zu erwarten, dass ich hierherkomme und all dies tue. Schließlich habe ich auch einen Job. Sicher, es ist nur an den Wochenenden, aber ich brauche die Woche, um mich auszuruhen, bevor ich zur Arbeit gehe, also habe ich mit Tante Veronica gesprochen. Sie ist auf dem Weg. Sie kann das machen.

Ich sage es dir nur, damit du nicht sauer wirst, wenn du nach Hause kommst und sie hier triffst. Tschüss."

Die Worte rollten so verdammt schnell von seiner Zunge, dass ich kaum alles mitbekam. Was meinte er damit, dass er Tante Veronica angerufen hatte? Er ließ unsere Mutter im Stich. *Unsere Mutter?* Was zum Teufel stimmte mit ihm nicht? Ich versuchte, ruhig zu bleiben, aber ich wollte nicht, dass er sie dort allein lässt. „Brett? Hallo? Brett, bist du noch da?"

Aber es war zu spät. Er hatte schon aufgelegt.

Dieses miese Arschloch. Ich schloss meine Augen und versuchte, die Wut wegzuatmen, aber nichts half. Wie konnte er nur so ... kindisch sein?

„Olivia?", fragte Ross und legte ihr eine Hand auf die Schulter.

Ich stand vor seinem Büro und versuchte immer noch, mich von dem Anruf zu beruhigen. Ich hatte fast einen Herzinfarkt, weil niemand sonst da war, um sich um Mom zu kümmern. Alles, woran ich denken konnte, war die Tatsache, dass Brett gegangen war und Tante Veronica auf dem Weg war, was in gewisser Weise eine gute Sache war. Ich hätte sie überhaupt gleich fragen können, aber Mom hat uns beide als alleinerziehende Mutter aufgezogen, und in den letzten drei Jahren hatte ich Brett nur einmal gebeten, sich um Mom zu kümmern. Nur ein einziges Mal. Ich hatte ihn nie unter Druck gesetzt. Es gab einen Altersunterschied von zehn Jahren zwischen uns, und ich dachte, dass es zu viel verlangt war, ihn zu bitten, sie zu baden, aber dann beschloss ich, dass ich ihn zu sehr verwöhnte. So wie Mama es sein ganzes Leben lang getan hatte, weshalb er schon im zarten Alter von zweiundzwanzig Jahren ein verwöhnter, egoistischer, unverantwortlicher Bengel war.

Wie dem auch sei, ich hatte einen Typen am Hals, der einen Fetisch für meine Hände und Füße hatte und seine Sekretärin heiraten wollte, aber den Finanzdirektor küsste, und einen Bruder, dem ich beizubringen versuchte, endlich erwachsen zu werden, und es war erst

Viertel nach sieben, und ich hatte noch nicht einmal angefangen zu arbeiten.

„Ist alles okay?"

Ich seufzte und sah ihn an: „Alles wunderbar."

Ich ging zurück zum Schreibtisch, wo ich mein iPad und meine Tasche deponiert hatte. Ich nahm das iPad und ging in sein Büro. Er folgte mir wie ein Welpe, der wollte, dass ich ihm einen Knochen zuwerfe, und als ich mich hinsetzte und die Beine übereinanderschlug, kam er herüber und stellte sich neben meine Füße. Ich musste die Situation unter Kontrolle bringen. „Mr. Hamilton, ich bin nicht um sieben Uhr morgens hergekommen, damit sie meine Füße anstarren können. Könnten Sie mir vielleicht mitteilen, was so dringend war, und dann können Sie meine Füße anschauen, wenn wir fertig sind. Okay?"

Er erwiderte nichts.

Aber was hätte er auch sagen sollen? Er schien aus einem Traum zu erwachen, als er schnell zu seinem Schreibtisch ging und hastig erwiderte: „Richtig. Fangen wir an."

Kapitel Fünf
Ross

Olivia saß an ihrem Schreibtisch und erfüllte still die Aufgaben, für die ich sie bezahlte. Scheiße, ich wollte sie zu meinem Schreibtisch bringen und sie einfach darüber beugen. Sie war heiß. Nein, sie war sogar verdammt heiß! Scheiße, warum hatte sie sich auf ihrem Blog nicht gezeigt? Was war ihr Geheimnis? Warum wollte sie nicht, dass die Leute wussten, wie sie aussah?

Scarlett gehörte vielleicht auf die Seiten einer Zeitschrift, aber Olivia gehörte auf die Titelseite. Die Mädchen auf der Titelseite des Playboys waren weniger heiß als Olivia. Sie erinnerte mich an Angelina Jolie, mit ihrem langen, wallenden dunklen Haar und den dazu passenden dunkelgrünen Augen. Ihre Wimpern waren lang und weich, und als sie mit ihren vollen, ovalen Lippen sprach, sog ihr Mund Luft ein, als ob sie alles im Griff hatte. Sie war in ein Kostüm mit rotem Bleistiftrock gekleidet, als käme sie, um die Führung des Büros zu übernehmen, nicht um als meine Sekretärin anzufangen. Sie erinnerte mich an eine der weiblichen Führungskräfte, mit denen ich schon oft zusammengearbeitet hatte. Der Typ Frau, der die Kontrolle hatte und genau wusste, wie man dafür sorgte, dass alles wie am Schnürchen lief.

Sie gehörte nicht in ein Büro hinter verschlossenen Türen, wo getippt, diktiert oder fotokopiert wurde. Sie gehörte auf den Fotokopierer, auf meinen Schreibtisch, wo sie von mir gefickt wurde, oder noch besser unter den Schreibtisch, wo sie meinen Schwanz lutschte.

Alles an dieser Situation war falsch. Ich hatte sie geholt, um mir zu helfen, diesen Deal zu sichern. Nicht, um eine weitere Ablenkung zu sein. Nichts lief nach Plan.

„Hatten Sie eine bestimmte Aufgabe für mich im Sinn, weil sie wollten, dass ich so früh komme?"

Sie hatte die falschen Worte benutzt, und am liebsten hätte ich meine Antwort herausgeplatzt, doch ich wurde von meinem Handy abgelenkt, das auf meinem Schreibtisch vibrierte.

Ich hob das Handy schnell hoch, und als ich die Nachricht sah, bereute ich es sofort:

Du darfst sie nicht ficken. Das meine ich ernst! A

Alec sagte mir, ich solle mich von ihr fernhalten. Das brauchte er nicht zu tun. Außerdem hatte ich das Gefühl, dass Olivia, anders als Scarlett, nicht so leicht rumzukriegen wäre. Hätte ich Olivia in einer anderen Situation getroffen, hätte ich versucht, sie persönlich kennenzulernen. Nein, ich wollte nicht zulassen, dass sie mich im Stich ließ, vor allem nicht nach der Nachricht, die Alec mir gerade über einen möglichen Deal mit Rogers übermittelt hatte. „Okay, wenn du mir also vielleicht sagst, welche Aufgaben du normalerweise zusammen mit Scarlett erledigt hast, könnten wir das vielleicht als Ansatzpunkt nehmen?"

Mal im Ernst, wer zum Teufel war hier der Chef?
Sie oder ich?

Kapitel Sechs
Olivia

Ich konnte es kaum erwarten, aus seinem Büro herauszukommen. Ich stellte mir immer wieder vor, er wolle meine Hände oder sogar meine Füße berühren. Er war heiß, das ließ sich nicht leugnen, und ich war versucht zu fragen, ob er italienisches Blut in seiner Familie habe, aber dann würde ich nur noch mehr über ihn fantasieren. Die Italiener haben den Ruf, heißblütige Liebhaber zu sein, vielleicht war das der Grund, warum er mit jemandem wie Scarlett zusammen war. Sie war jung und voller Energie.

Ich hatte ihn gebeten, sich zu konzentrieren, und es fiel mir schwer, genau das zu tun, denn jedes Mal, wenn er in meine Nähe kam, schweiften meine Gedanken ab, und zwar nicht nur ein bisschen, sondern sehr stark.

Er war sehr souverän und konnte meine Aufmerksamkeit mit nur einem kurzen Wink seiner Hand auf sich ziehen. Ich warf einen Blick auf seine perfekt manikürten Nägel und fragte mich, ob er sie selbst machte oder ob ein Profi sie für ihn manikürte.

Wahrscheinlich war es die Tatsache, dass er meine Hände und Füße bewundert hatte, die mich an seine Hände und Füße und jeden anderen Teil seines Körpers denken ließ.

Wann hatte mich ein Mann jemals so aufgeregt? Ich hatte schon so viele Male zuvor Großmillionäre wie Hamilton getroffen. Sie liefen herum, als besäßen sie nicht nur ein Unternehmen, sondern alle Menschen um sie herum. Aber das war bei Hamilton nicht der Fall. Ich nehme an, das war der Unterschied zwischen den beiden. Er hatte Mitarbeiter, die in seinem Büro den ganzen Tag ein- und ausgingen und er hat nicht ein einziges Mal geschrien oder etwas von ihnen verlangt. Wenn überhaupt, dann erwies er ihnen den Respekt, den sie verdienten, und sagte sogar der Putzfrau, sie sähe müde aus und er würde ihr eine Tasse Kaffee holen.

Was zum Kuckuck? Wollte er sie auch ficken, fragte ich mich, als ich zusah, wie er der Frau die Tasse brachte?

Es überraschte mich wirklich, dass er eine sanfte Seite hatte, die deutlich machte, warum Scarlett sich in ihn verliebt hatte. Was mich daran erinnert, dass er vergeben ist, rief ich mir ins Gedächtnis. Hör auf, über seine Hände zu fantasieren. Und über seine Füße.

Er arbeitete den ganzen Tag lang. Er hatte der Putzfrau den Kaffee angeboten, und als ich ihn fragte, ob er einen wolle, sagte er mir, dass er ihn sich selbst holen könne. Ich hatte vor langer Zeit selbst eine Sekretärin gehabt, und ich kann mich nicht an eine Gelegenheit erinnern, bei der ich mir meinen Kaffee selbst geholt hatte. Er machte mir ein schlechtes Gewissen, weil er sagte, er könne sich seinen Kaffee selbst holen, besonders, weil er es tatsächlich tat.

Er hatte ein Meeting nach dem anderen, gönnte sich nicht einmal in eine Pause. Selbst als er Kaffee kochen ging, nahm er einen Kollegen mit und fachsimpelte mit ihm. Es war, als ob sein Gehirn ständig in Bewegung war. Ich merkte nicht, wie die Zeit verging, bis er mich in sein Büro rief und sagte: „Das war's für heute, Olivia. Wir sehen uns morgen so um acht."

Erst da wurde mir klar, dass es schon nach zwanzig Uhr war. Ich hatte dreizehn Stunden am Stück gearbeitet, und er sagte nichts weiter als *Bis morgen*. Es gab kein Fünkchen Dankbarkeit oder auch nur ein Feedback. Ich erwartete ja kein Dankeschön, aber ein 'gut gemacht' oder auch ein 'du hast deinen Job wirklich nicht drauf', wären schön gewesen.

Ich beschloss damit aufzuhören, so ein Baby zu sein und nach Hause zu gehen. Schließlich hatte ich meine Mutter den ganzen Tag mit Tante Veronica allein gelassen. Das war für keinen von beiden fair, und ich musste so schnell wie möglich nach Hause kommen, und mir keine Gedanken darüber machen, von ihm Komplimente zu bekommen, oder eben nicht. Ich zuckte mit den Achseln, als ich das Büro verließ: „Auf Wiedersehen und schönen Abend, Mr. Hamilton."

Er grunzte etwas als Antwort, und ich merkte, dass ich es seltsamerweise vermisste, in einem Büro zu arbeiten. Ein Teil von mir hat sich heute lebendig gefühlt. Okay, also ich nahm an Meetings teil und machte Notizen, etwas, was in der Vergangenheit immer meine Sekretärin getan hatte, aber ich traf andere Leute und wurde sogar von den anderen Sekretärinnen zum Mittagessen eingeladen. In den letzten drei Jahren bedeutete Mittagessen, entweder bei Mama zu sitzen oder kaum etwas zu essen. Zu sehen, wie jemand, den man liebt, langsam immer mehr verfällt, fordert seinen Tribut. Der heutige Tag hat mir bewusst gemacht, dass in den letzten Jahren nicht nur Mom verloren gegangen war, sondern auch ich. Ich vermisste es, mit Menschen zusammen zu sein, Freunde, die ich einst hatte, waren nun verschwunden, und ich hatte nicht ein einziges Mal an sie gedacht. Aber heute, als ich zum Mittagessen ausging, erinnerte ich mich an die gute alte Zeit, und sie fielen mir alle wieder ein.

Der heutige Tag war doch gar nicht so schlimm gewesen. Ich hatte mich vor dem Gedanken gefürchtet, ins Büro zu kommen, aber jetzt wurde mir klar, dass ich mich benommen hatte, als wäre ich schon alt. Ich wollte mich bei Mr. Hamilton bedanken, konnte es aber nicht, da er seinen Kopf hinter dem Computer vergraben hatte und ganz eindeutig keinen Gedanken darauf verschwendete, dass ich da war.

***

„Tante Veronica", sagte ich, als sie dran ging. Ich hatte beschlossen, sie anzurufen, bevor ich das Büro verließ. Ich wollte lieber erst mal am Telefon mit ihr sprechen, bevor ich ihr gegenübertreten musste.

„Ja, Olivia. Du hättest nicht anrufen brauchen. Alles läuft wie am Schnürchen. Außerdem schläft Dawn bereits."

Ich seufzte, als mir klar wurde, dass sie recht hatte. Meine Mutter war normalerweise um diese Zeit schon im Bett.

„Keine Sorge. Ich komme jetzt nach Hause und dann kannst du auch gehen."

„Gehen, und wohin bitte? Hat Brett es dir nicht ausgerichtet?"

Anscheinend nicht.

„Ich ziehe bei euch ein. Ich komme nicht um sechs Uhr morgens her und haue dann um diese Zeit abends ab. *Big Little Lies* läuft dann nämlich und die neuen Folgen von *The Walking Dead* und *Santa Clarita Diät* laufen. Schließlich habe ich auch ein Leben. Und wenn ich ständig pendle, verpasse ich alle meine Lieblingssendungen."

Genau davor hatte ich Angst gehabt. So sehr sie auch meine Tante war und ich sie liebte, sie hatte ein leichtes Problem damit, was Realität war und was nicht. Anscheinend dachte sie, dass alle Menschen ihr Leben auf Fernsehserien abstimmten, nur weil sie das tat.

„Ich weiß, und ich möchte nicht, dass du deine Sendungen verpasst."

„Meine Liebe, es sind nicht nur irgendwelche Sendungen. Dawn schaut sie auch gerne. Ich glaube, sie ist deswegen so wütend, weil du sie kein Fernsehen mehr sehen lässt."

Natürlich! Warum hatte ich nicht daran gedacht? Wahrscheinlich, weil ich einfach zu müde war, würde ich sagen.

„Meine Liebe, lass dir Zeit. Du musst dich nicht beeilen. Es geht uns gut und mach dir keine Sorgen um meine Wohnung. Die habe ich schon untervermietet."

Das war aber schnell gegangen! Hatte Brett sie nicht erst heute Morgen gefragt, zu helfen?

„Außerdem muss ich jetzt die Wiederholung von *The Walking Dead* schauen. Beim ersten Mal verstehe ich es nämlich nie."

Was gab es da zu verstehen? Ein Haufen Zombies lief herum, und niemand wusste, warum, und die Schriftsteller änderten ständig ihre Meinung darüber, welche Figuren wir lieben und welche wir hassen sollten.

Bevor ich noch ein Wort sagen konnte, hatte sie den Hörer aufgelegt. Ich bemerkte nicht einmal, dass Mr. Hamilton vor mir stand, als ich von meinem Schreibtisch aufstand, um zu gehen. Aber mittlerweile war das dringende Bedürfnis so schnell wie möglich aufzubrechen abgeflaut, da das Gespräch mit meiner Tante mich beruhigt hatte.

„Du bist immer noch hier?"

„Anscheinend schon. Eigentlich wollte ich nach Hause gehen, aber jetzt habe ich das Gefühl, ich bräuchte einen Drink, einfach nur damit ich alles verarbeiten kann, bevor ich nach Hause gehe. Es war ein langer Tag."

Aber nicht mit ihnen. Allein!

„Das hört sich gut an", sagte er lächelnd, und ich war versucht, ihn daran zu erinnern, dass Scarlett wahrscheinlich zu Hause auf ihn wartete, wusste aber auch, dass mich das Ganze nichts angeht. Andererseits hatte sie noch nicht allzu lange für ihn gearbeitet. Ich arbeitete mit so vielen verschiedenen Abteilungen, dass es manchmal schwierig war, den Überblick zu behalten, weil die Sekretärinnen so schnell kamen und gingen.

„Eigentlich sollte ich das besser nicht tun. Es ist erst Dienstag."

Er seufzte. „Das ist schade. Ich dachte, dass wir uns ein wenig kennenlernen könnten, da wir auf dem falschen Fuß angefangen haben. Außerdem bin ich neugierig auf deinen Blog und was dich dazu bewogen hat, ihn zu starten? Dein Blog klingt sehr informativ, und nach deinem Lebenslauf zu urteilen, solltest du nicht als persönliche Assistentin arbeiten. Eher als stellvertretende Vorsitzende. Komm, reden wir. Ich bin neugierig. Nur ein Drink?"

Wow, er bat mich, mit ihm auszugehen, und ich stellte mich blöd an. Ich war einfach nicht mehr daran gewöhnt, mit jemand anderem als meiner Mutter auszugehen. Manchmal war es toll, mit ihr zusammen zu sein, und manchmal hatte ich Angst davor, mit ihr auszugehen. Ich musste mehr rauskommen und mich entspannen, und mich nicht so verdammt anstellen, besonders nicht an meinem ersten Abend in Freiheit.

„Okay, Mr. Hamilton, aber nur ein Drink."

Er lächelte und entgegnete: „Das hört sich gut an, und nenn mich ruhig Ross. Mr. Hamilton klingt so formal."

Ich erwiderte sein Lächeln und sagte: „Okay, Ross."

Ein Drink, was konnte dabei schon schief gehen?

Kapitel Sieben
Ross

Ich fragte mich, ob es ein Fehler war, sie in die örtliche Bar mitzunehmen. Ich hatte einen so verdammt langen Tag gehabt, und die Frau kannte sich mit ihrem Kram aus. Das machte mich noch neugieriger auf sie. Nichts, worum ich sie gebeten hatte oder bitten wollte, hatte sie nicht schon bereits bedacht. Es machte mir klar, dass sie den Mädchen weit überlegen war, die bis dahin für mich gearbeitet hatten.

Versteht mich nicht falsch, wenn ich ihnen einmal gesagt hatte, was sie tun sollten, waren sie immer gerne bereit gewesen, mitzumachen. Aber sie dachten nicht über den Tellerrand hinaus. Nicht so wie Olivia, die erst seit einem Tag für mich arbeitete. Ich fühlte mich wie ein Teenager, der in die Mutter von einem Freund verknallt war. Obwohl wir ungefähr im gleichen Alter waren, oder vielleicht war sie etwas jünger als ich, freute ich mich, dass sie nicht jammerte und sich darüber beschwerte, dass sie an ihrem ersten Tag so viele Stunden arbeiten musste. Sie hatte früh angefangen, aber das hielt sie nicht davon ab, im gleichen Rhythmus zu arbeiten, wie sie es vom ersten Moment an getan hatte, als sie ins Büro kam.

„Sag mir mal eins", schnurrte ich verführerisch, als sie sich neben mich an die Bar setzte. Sie war mir jetzt so nah, dass ich ihren sanften, blumigen Duft riechen konnte. Als sie ihr Haar in meine Richtung legte, konnte ich ihr Vanilleshampoo riechen. Ich begann, verdorbene Gedanken zu haben, und fragte mich, ob der Rest ihres Körpers genauso gut roch. Und meine Gedanken gingen sogar noch weiter, und ich fragte mich, ob sie dort unten glatt rasiert war, oder vielleicht ein bisschen Haar übrig war, mit dem man spielen konnte? Ihr Gesicht im Scheinwerferlicht der dunklen Bar zu sehen, betonte ihre grünen Augen noch mehr und nun war es plötzlich mein Schwanz, der über den Tellerrand hinwegzublicken versuchte. Wenn es um Olivia ging, schien er plötzlich seinen eigenen Kopf zu haben.

„Ja?", fragte sie leise und sah mich dabei nicht an. Das konnte nur eins bedeuten. Sie fühlte sich zu mir hingezogen, verdammt noch mal, und ich wusste, dass ich auf die meisten Frauen so wirke, doch bis jetzt war ich davon überzeugt gewesen, dass sie gegen mich immun war. Oder vielleicht mochte sie auch einfach keine Männer? Wie dem auch sei, jetzt war sie definitiv an mir interessiert.

„Warum zum Teufel arbeitest du als virtuelle Assistenten, wenn du so verdammt talentiert bist?"

Mein kleiner Ausbruch schien sie zu überraschen, oder vielleicht war es auch die Tatsache, dass ich nicht umhin konnte, sie an der Schulter zu berühren. Verdammt, sie dachte wahrscheinlich, dass ich wieder ihre Hände sehen wollen würde. Ich hatte mich immer noch nicht ganz von dem Fiasko am Morgen befreit.

„Ich arbeite erst seit einem Tag für dich, und ich bin mir sicher, dass du sehr viele andere Sekretärinnen hattest, die die gleiche Arbeit geleistet haben, wie ich heute."

Ich schüttelte den Kopf: „Machst du Witze? Du arbeitest vorausschauend und bist mir immer einen Schritt voraus. Wenn ich dich um etwas bitte, gibst du mir drei verschiedene Optionen. Du lieferst mir mehr Schautafeln und Daten, als ich angefragt habe. Du bist wie eine Maschine."

Und ich lachte als ich sagte: „Du bist wie eine weibliche Version von mir. Du denkst immer mit. Das gefällt mir."

Sie errötete: „Wow. Sagst du das zu all deinen Sekretärinnen?"

„Nur zu denen, die schön und intelligent sind", scherzte ich, jetzt übertrieb ich es aber. Ich musste dringend nach Hause. Am besten sollte ich sie sowieso sofort nach Hause bringen, damit ich nicht mehr länger darüber nachdachte, was ich am liebsten alles mit ihr anstellen würde. Denn diese Dinge konnte ich einfach nicht verdrängen. Ich versuchte es zwar, versagte aber auf ganzer Linie. Und wie sie schon gesagt hatte, arbeitete sie erst seit einem Tag für mich. Ein einziger Tag, und schon verlor ich die Beherrschung. Was zum Teufel stimmte mit mir nicht?

„Meine Mutter ist krank. Sie hat Altersdemenz und ich kümmere mich um sie, seit wir die Prognose bekommen haben", seufzte sie. Und plötzlich fühlte ich mich wie ein Idiot, weil ich an Sex gedacht hatte. Immer nur an Sex.

„Mein Vater ist vor drei Jahren bei einem Autounfall ums Leben gekommen. Ich glaube, das hat die Krankheit bei meiner Mutter ausgelöst. Allerdings weiß das niemand wirklich. Aber die Ärzte behaupten, dass ein Schock die Krankheit früher auslösen kann."

„Wie alt ist sie?"

„Erst einundfünfzig. Sie hat mich bekommen, als sie noch ziemlich jung war, und meinen Bruder zehn Jahre später."

„Verdammt, und sie ist jetzt schon demenzkrank?"

„Ja, es gibt ziemlich viele Menschen, die relativ früh damit erkranken. Sie hat mich bekommen, als sie gerade mit der Highschool fertig war. Und daraufhin haben sie und mein Vater geheiratet. Sie kannten sich schon von frühester Kindheit an und haben sich immer geliebt. Wenn sie zusammen waren, hatten sie immer dieses Leuchten in den Augen. Das haben sie nie verloren; sie haben einander bis zum Schluss geliebt."

„Junge Liebe."

Sie zuckte mit den Achseln: „Ja, ich glaube einfach, dass sie ohne ihn nicht mehr zurechtkam. Und er war uns unglaublich schnell genommen worden. Ich ging mit einem Stipendium nach Harvard, besuchte die wirtschaftswissenschaftliche Fakultät und wurde Geschäftsführerin von Swan Kick Techies. Das bin ich kurz und bündig, aber ich bin sicher, dass du all das in meinem Lebenslauf gesehen hast? Jedenfalls, als Mom in eine Depression verfiel, musste ich ihr helfen. Ich dachte, sie würde die Depression überwinden, und sie bräuchte einfach nur Bestätigung und Liebe um sich. Ich hatte nicht erwartet, dass es ihr schlechter gehen würde, aber als es ihr dann immer schlechter ging, kündigte ich meinen Job."

Scheiße, sie hatte für eine der Top-IT-Firmen im Distrikt gearbeitet, und ich erinnerte mich daran, dass ich das in ihrem Lebenslauf gesehen hatte, aber dann aus irgendeinem verrückten Grund – vielleicht, weil ich so viele Lebensläufe sehe und einfach annahm, dass dieser Lebenslauf unter die anderen geraten war – jedenfalls hatte ich es irgendwie versäumt, diese Information mit ihr zusammenzubringen. Vielleicht, weil es keinen Sinn machte, in einer so hohen Position zu sein, nur um dann als virtuelle Assistenten zu enden. Niemand tat sowas, niemand außer ihr. „Du warst schon so jung Geschäftsführerin?"

Sie nickte und winkte ab, als spiele es keine Rolle mehr: „Aber jetzt bin ich nichts weiter als eine virtuelle Assistentin, alles andere ist Vergangenheit."

Sie tat so, als wäre das, was sie jetzt tat, nichts wert, und es gefiel mir ganz und gar nicht, dass sie sich so unter Wert verkaufte.

„Hey, du solltest es nicht so abtun. Es ist viel mehr als nur das. Du hast dein Leben geopfert, um dich um deine Mutter zu kümmern. Das ist bewundernswert."

Einen Moment lang dachte ich an all die egoistischen Sachen, die ich in meinem Leben gemacht hatte, und für nur eine Sekunde – als wir uns ansahen und mein Schwanz nicht verrücktspielte – speicherte ich eine Erinnerung an ihr Gesicht.

Als ihr Handy auf der Bar zu vibrieren begann, schüttelte sie den Kopf. „Verdammt, ich sollte besser gehen. Das ist bestimmt meine Tante."

„Ist sie diejenige, die sich jetzt um deine Mutter kümmert?"

Sie nickte: „Sechs Wochen lang, richtig?"

Ich weiß nicht, was über mich kam, aber als sie vor mir stand, überkam mich die Neugier und ich drückte meine Lippen auf ihre. Ich hielt sie fest neben mir, weg von den Barhockern, auf denen wir gerade gesessen hatten, und dann vertiefte ich den Kuss etwas weiter. Ich erwartete, dass sie sich bewegen würde, aber sie hielt eine Minute lang still, bevor sie den Kuss zu erwidern begann, als meine Zunge ihren Mund erforschte.

Es war ein so verdammt intensiver Kuss, dass ich versucht war, sie auf der verdammten Theke zu nehmen. Ich tat alles, um mich daran zu erinnern, dass ich mich an einem öffentlichen Ort befand, doch ich begann, mit den Händen, ihre Schultern und ihren Nacken zu streicheln. Die Bar war fast leer, was zum Teil der Grund dafür war, dass ich gerne dorthin ging, denn dort war nie viel los. Sie war zu unauffällig für das jüngere Publikum und perfekt für Leute wie uns, die einfach nur einen ruhigen Drink nach der Arbeit wollten, ohne den dröhnenden Lärm und die tosende Musik, die dazu führten, dass man sich nicht einmal in Ruhe unterhalten konnte. Doch im Moment wollte ich mich nicht unterhalten, ich wollte so viel mehr.

Ich war so entschlossen, an ihr festzuhalten und sie nicht loszulassen. Sie konnte sich nicht bewegen, selbst wenn sie es versuchte. Es war eine Leidenschaft, von der ich nie wusste, dass ich sie besaß. Ich hatte noch nie jemanden in der Öffentlichkeit geküsst, Händchen gehalten oder etwas Zärtliches getan.

Und doch war ich hier und küsste meine neue virtuelle Assistentin, und dann spürte ich meinen Schwanz, der so stark zwischen meinen Beinen pulsierte, dass ich mich zurückziehen musste.

„Verdammt, das hätte ich nicht tun sollen!" Meine Stimme war rau und sie hatte die Augen noch immer geschlossen. Sie schien wie in Trance zu sein, als würde sie versuchen, sich von dem Kuss zu erholen.

„Das wird nicht noch einmal passieren", murmelte ich, zog schnell zwanzig Dollar aus der Tasche und legte sie auf die Theke.

Sie erwiderte nichts, als ich ging und erklärte: „Es tut mir leid."

Das war eine verdammte Lüge. Es tat mir nämlich kein bisschen leid, aber ich musste verdammt noch mal die Selbstbeherrschung behalten. Besonders, wenn ich diesen Deal glatt über die Bühne bringen wollte. An der Tür zögerte ich kurz, als ich gehen wollte. Ich fühlte mich ausgesprochen schlecht, weil ich mich nicht wie der perfekte Gentleman verhielt und anbot, sie nach Hause zu fahren. Trotzdem musste ich einfach gehen und mich auf etwas anderes konzentrieren. Sonst würde ich wahrscheinlich etwas tun, dass ich später bereuen würde, und dabei noch die beste Sekretärin verlieren, die ich jemals gehabt hatte und außerdem würde mir Alec wahrscheinlich die Eier abschneiden, weil ich nicht die Finger von ihr gelassen hatte.

Kapitel Acht
Olivia

Ich hatte keine Ahnung, was an der Bar passiert war, aber ich konnte nicht aufhören, meine Lippen zu berühren. Es war so ein intensiver Kuss gewesen; ich hatte halb erwartet, dass er mich hochhebt und mich in der Bar fickt. Ich fing an, wie ein Schulmädchen zu kichern, als ich nach meiner Handtasche griff und die Bar verließ.

Was hat er sich dabei gedacht?

Was habe *ich* mir dabei gedacht?

Er wollte Scarlett heiraten und küsste mich in der Öffentlichkeit. Ich schüttelte bei dem Gedanken daran den Kopf. Es war nur ein Kuss …

Verdammt, dieser Kerl wusste einfach, was er wollte, und es machte ihm nichts aus, es sich zu nehmen. Ich war zu fassungslos gewesen, um zurückzutreten oder zu protestieren, aber als der Kuss weiterging, wusste ich, dass ich ihm sagen musste, er solle aufhören, aber ich bekam keine Gelegenheit dazu, als er die Bar verließ. Ich war nicht die Art von Frau, die er mit einem der Mädchen im Büro verwechseln konnte.

Dennoch hatte ich das Gefühl, dass er überhaupt nicht auf diese Weise an mich dachte. Sonst hätte er mich nicht an der Bar zurückgelassen, weil er mehr wollte. Ich fragte mich, ob das der Grund dafür war, dass er nicht einmal anbot, mich nach Hause zu bringen. Andererseits war es eine gute Sache, denn ich hätte ihn hereingebeten, und hätte nur eins im Kopf gehabt. Ich ließ die Erinnerung an seinen Kuss in meinem Kopf wieder aufleben, aber es war nur eine Fantasie, nichts weiter. Er gehörte Scarlett, und das wusste ich.

Sein Foto in *Forbes* wurde der realen Person nicht gerecht. Der Mann war voller Geheimnisse, Dunkelheit und Intelligenz.

Nur ein paar Haltestellen in der U-Bahn, und ich war zu Hause, berührte immer noch meine Lippen und dachte an ihn in einer Weise, wie ich es nicht sollte. Er war nicht nur verlobt, sondern, was noch wichtiger war, er war mein Chef.

Sobald ich zu Hause ankam, erinnerte ich mich daran, dass mein Telefon an der Bar geklingelt hatte, und ich hatte mir nicht einmal die Mühe gemacht, nachzusehen, wer anrief oder, was noch wichtiger war, ob es sich um einen Notfall handelte. Die Schuldgefühle nagten an mir, aber Tante Veronica schien es gutzugehen, als ich hereinkam.

„Guten Abend, meine Liebe. Ich wollte gerade etwas Popcorn machen. Hättest du auch gern welches?", fragte Tante Veronica. Sie hatte Lockenwickler in den Haaren und kuschelige Hausschuhe an den Füßen.

Sie sah aus, als hätte sie es sich mehr als gemütlich gemacht, als ich die Tür öffnete, und ich merkte, dass ich umsonst in Panik geraten war. Ich schaute auf mein Telefon, um zu sehen, dass tatsächlich niemand angerufen hatte. Es war nur irgendeine Junk-E-Mail, und ich musste daran denken, die Benachrichtigungen abzuschalten. Ich hatte sie nur eingeschaltet gelassen, weil ich im Büro arbeitete und das Gefühl hatte, dass ich meine E-Mails im Griff haben musste, wenn ich nicht an meinem Schreibtisch war.

„Nein, danke. Ich dachte, ich gehe heute früh ins Bett. Ich muss morgen ganz früh raus."

„Oh, komm schon. Du solltest dich vorher ein wenig entspannen, und dazu ist eine Komödie und ein bisschen Popcorn am allerbesten."

Ich drehte mich um, um die Tür zuzumachen, und mir wurde klar, dass meine Tante die Person war, die ich gleich von Anfang an hätte anrufen sollen, damit sie sich um meine Mutter kümmerte. Ich hatte mich an meinen Bruder gewandt, damit er auch einmal in seinem Leben ein wenig Verantwortung übernahm, doch das war vergebens. Anscheinend war es nicht möglich, dass er jetzt noch ein Verantwortungsgefühl entwickelte, nachdem er sein ganzes Leben lang vermieden hatte, Verantwortung zu übernehmen.

„Oh, komm schon, Olivia. Ich dachte, wir könnten uns ein wenig unterhalten. Hast du schon etwas gegessen?"

Ich schüttelte den Kopf und stellte fest, dass ich seit dem Mittagessen nichts mehr gegessen hatte. Ich hatte den Nachteil vergessen, in einem Büro zu arbeiten, meine Zeit gehörte nicht mir. Es war nicht dasselbe, wie wenn ich von zu Hause aus arbeitete. Ich hatte diesen starren Zeitplan und ich achtete immer darauf, dass Mama und ich zusammen aßen. Doch wenn Mama einen schlechten Tag hatte, bestand dieser manchmal nur darin, ihren Schlamassel aufzuräumen und sie zu beschäftigen, damit ich weiterarbeiten konnte.

Ich hatte viel Gewicht verloren, mehr als mir bewusst war. Das hatte ich heute Morgen bemerkt, als ich einen meiner alten Anzüge angezogen hatte, und ich erinnerte mich daran, wie ich über die Ironie lachte, dass ich früher immer darauf achtete, dass ich meine Diät und mein Trainingsprogramm im Griff hatte, damit ich keine Probleme hatte, in sie hineinzupassen. In den letzten zwei Jahren hatte ich weder das eine noch das andere getan, und trotzdem war der Anzug jetzt zu groß. Ich ging davon aus, dass ich dasselbe Problem mit dem Rest meiner alten Anzüge haben würde, aber es war schön, etwas anderes als Jeans und T-Shirt tragen zu können. Daraus schien nämlich in letzter Zeit meine Uniform bestanden zu haben.

„Nein, ich habe seit dem Mittagessen nichts gegessen, aber das ist schon in Ordnung. Ich habe sowieso keinen Hunger", sagte ich und erinnerte mich daran, dass ich an manchen Tagen auf meinem Bett ohnmächtig geworden war, während ich daran dachte, dass ich den ganzen Tag nichts weiter als ein paar Scheiben Toast gegessen hatte, und zu erschöpft war, um etwas dagegen zu tun. Sie kicherte, als sie mit der Popcornschüssel in einer Hand aus der Küche gewatschelt kam und dann zurück ins Wohnzimmer ging, um weiter fernzuschauen. Sie hatte einen Soldaten geheiratet und die meiste Zeit ihres Lebens in verschiedenen Ländern gelebt und zu Hause darauf gewartet, dass er sicher zu ihr zurückkehrte. Als er verletzt wurde und aus dem Dienst ausschied, verließ er sie. Er kehrte dorthin zurück, wo er zuvor in Südkorea stationiert gewesen war, und erklärte, er habe dort jemanden kennengelernt und wolle nicht in die Staaten zurückkehren. Seitdem lebte sie von ihrer Scheidungsabfindung und verbrachte ihre Zeit vor dem Fernseher. Sie sagte, dass sie so viel Zeit mit Reisen verbracht habe, dass sie die verlorene Zeit nachholen wolle, indem sie einmal innehielt und nichts tat.

Ich liebte Tante Veronica, aber manchmal irritierten mich ihre exzentrische Art und ihre Besessenheit mit dem Fernsehen. Sie sprach über die Charaktere, als wären sie Freunde von ihr, und wenn die Staffel einer Serie zu Ende ging, schien jedes Mal eine neue Serie zu beginnen. Das war die Kehrseite von Netflix: Sie hatte immer die Qual der Wahl.

„Also, da ist es wirklich kein Wunder, dass du so dünn bist. Du musst mehr essen." Sie seufzte und begutachtete mich von oben bis unten.

„Das chinesische Restaurant an der Ecke macht viel besseres Essen als ich. Oh, ich könnte niemals aufhören, dort zu bestellen. Es hat so gut geschmeckt. Selbst meine Schwester mochte es, und du weißt, wie sehr sie chinesisches Essen hasst. Du wirst es nicht glauben, aber das Abendessen habe ich dort auch bestellt. Sie hat alles aufgegessen; und ich musste sie nicht einmal auffordern, mehr zu essen. Als wir jünger waren, hat sie in ihrem Essen immer nur herumgestochen. Das habe ich gehasst, genau wie unsere Mom."

„Ich habe doch etwas zu Essen im Kühlschrank gelassen ...", erklärte ich ihr und dachte an die strenge Diät, auf die ich meine Mutter gesetzt hatte. All die Geschmacksverstärker und das Salz in dem chinesischen Essen würden wahrscheinlich im Körper meiner Mutter großen Schaden anrichten.

„Salat und Gemüse. Wir sind doch keine Hasen, meine Liebe. Warte nur, ich werde dir dasselbe bestellen, was ich uns heute bestellt habe. Dawn hat es geliebt, und hat mich sogar gefragt, ob wir morgen zum Essen dort hingehen können, anstatt zu Hause zu essen."

„Hat sie das wirklich?"

Am liebsten hätte ich ihr die Frage gestellt, die mir auf der Zunge brannte, seit ich am Telefon mit ihr gesprochen hatte.

„Hat sie dich erkannt?"

Sie seufzte, als würde sie über die Frage nachdenken: „Manchmal schon. Einmal hat sie mich sogar gefragt, wo Mark jetzt stationiert war. Ich dachte, wenn sie sich an Mark erinnerte, dieses nichtsnutzige, nutzlose, untreue Schwein, warum erinnerte sie sich dann nicht an den wichtigen Teil, dass wir nicht mehr zusammen sind und den Grund dafür."

Wow, sie erinnerte sich sogar an Onkel Mark?

„Dann habe ich ihr erklärt, dass er in Südkorea ist. Und sie hat mir gesagt, dass Mark die Mädchen liebte. Ich wünschte, sie hätte es mir damals gesagt, dann hätte ich dafür gesorgt, dass er niemals dorthin zurückkehrt."

Sie lachte leise, als sie die Nummer des chinesischen Restaurants wählte, und ich hätte ihr am liebsten gesagt, sich nicht die Mühe zu machen. Ich hatte überhaupt keinen Appetit, aber wenn ich jetzt schon ins Bett ginge, würde ich nur an eines denken, so viel war mir klar.

Ross Hamilton.

Mein Chef. Der im Begriff war, zu heiraten. Ich musste alles professionell halten. Selbst wenn er das nicht wollte. In der Bar hatte irgendetwas ihn davon abgehalten, weiterzumachen. Oder vielleicht war es irgend*jemand*, seine zukünftige Frau.

„Nun, das ist erledigt. Ich hoffe, du hast zwanzig Dollar, um zu bezahlen, wenn das Essen kommt."

Oh natürlich, ich muss es bezahlen, dachte ich, als ich zu ihr hinüberblickte. Sie hatte es auf sich genommen, für mich zu bestellen, aber jetzt musste ich selbst für das Essen bezahlen, das ich eigentlich gar nicht haben wollte.

„Was ist denn mit dem Geld passiert, das ich für Brett hier gelassen habe? Ich hatte fünfzig Dollar dort auf den Tisch gelegt."

Sie lachte leise: „Oh, das haben wir schon ausgegeben. Das nächste Mal musst du uns mehr Geld dalassen."

„Oh, warum?"

„Weil wir morgen hier essen werden, und nicht im Restaurant, und dann brauchen wir ein etwas größeres Budget als heute. Vielleicht trinken wir auch ein wenig Wein und, ach, ich weiß auch nicht. Das sehen wir dann. Heute konnten wir nicht essen was wir wollten, weil du nur fünfzig Dollar dagelassen hast", seufzte sie, „aber es hat gerade so gereicht."

„Tante Veronica ..."

Ich wollte ihr gerade sagen, dass ich ein knappes Budget habe. Sicher, Ross hatte mein Gehalt fast verdreifacht, da ich ins Büro kommen musste, aber ich konnte Geld nicht wie Heu ausgeben, bis ich bezahlt wurde. Ich hatte so lange mit einem kleinen Budget gearbeitet, dass selbst die Transportkosten und die chemische Reinigung meiner Kleidung sich anfühlten, als hätte ich zu viel Geld ausgegeben. Ich war erst seit einem Tag im Büro, und bis jetzt hatte ich viel mehr ausgegeben, als ich hätte tun sollen, weil ich hoffte, dass die fünfzig bis morgen oder sogar bis zum nächsten Tag reichen würden, wenn man bedachte, dass es wirklich nichts gab, wofür man Geld ausgeben konnte, da Mama alles hatte, was sie brauchte, und genug zu essen im Haus war. Glücklicherweise schien Brett sein eigenes Geld ausgegeben zu haben, als er für Mama Essen bei McDonald's bestellte; denn sonst wären weniger als fünfzig Dollar übrig geblieben, als Veronica beim Chinesen bestellte, und zwar nicht nur einmal, sondern gleich zweimal.

„Denk nicht so viel nach, meine Liebe. Du machst dir viel zu viele Gedanken. Außerdem haben wir das zweite Mal mit deiner Karte bestellt. Die, die du dagelassen hast, damit Brett sie im Notfall benutzen kann. Wenn es zu viel Aufwand ist, Geld dazulassen, können wir einfach morgen die Karte benutzen."

Jetzt ergab alles einen Sinn. Brett hatte doch nicht sein eigenes Geld benutzt.

Verdammt. Ich ließ mich aufs Sofa fallen und dachte an all mein Geld, das unnötigerweise in Restaurants verschwendet wurde.

Sie knabberte weiter ihr Popcorn. „Ich werde dafür sorgen, dass die Leute in meiner Wohnung mir dabei helfen, meine Sachen herzubringen, und falls du nicht genug Geld hast, mach dir keine Gedanken."

Sie tätschelte mit ihren fetten Fingern meine Hand, die auf dem Sofa lag, während sie eine kurze Pause vom Popcornessen einlegte.

„Mach dir keine Sorgen darüber, Geld dazulassen. Ich werde einfach weiterhin deine Karte benutzen. Eins steht jedenfalls mal fest: Dawn ist wirklich glücklich, dass ich hier bin und das solltest du auch sein. Und jetzt lass uns *Santa Clarita Diät* schauen. Die Sendung ist zum Sterben komisch."

Sie lachte noch einmal leise. „Jetzt fallen mir schon jede Menge lustige Witze ein."

Es muss ein Privatwitz gewesen sein, denn ich verstand ihn nicht. Ich hatte immer noch meine Tasche in der einen und meine Jacke in der anderen Hand, also stellte ich meine Tasche im Flur ab, nahm meine Jacke und hängte sie an die Stuhllehne. Schweren Herzens ging ich in die Küche und nahm eine der wenigen Flaschenweine, die ich viel zu lange im Haus versteckt gehalten hatte, und sah mir mit ihr die Sendung an, bis mein ausgesprochen teures chinesisches Essen ankam.

„Oh, meine Liebe, warum hast du mir nicht ein Glas mitgebracht?", fragte sie, als sie in meine Richtung blickte. Und dann verstand ich auch ihren Witz von davor. Vielleicht hatte sie recht. Vielleicht würde ihre Anwesenheit ein wenig Wärme in das Haus bringen; es war schon lange sehr kalt gewesen. Und wenigstens wurde ich so von dem, was in der Bar passiert war, abgelenkt. Selbst wenn es bedeutete, mir eine Sendung über Vampire anzusehen. Jetzt verstand ich auch, warum sie gesagt hatte, dass diese Show zum Sterben komisch sei. Und ich musste zugeben, dass ich in all der Zeit, als ich wieder hierher zurückgekehrt war, nicht einmal im chinesischen Restaurant gegessen hatte, und dabei schmeckte das Essen ausgezeichnet. Meine Tante hatte allerdings nicht erwähnt, dass sie nicht nur für mich, sondern auch gleich für sich selbst bestellt hatte, und außerdem vorhatte, morgen dort wieder zu essen.

Ich merkte, dass meine Prioritäten durcheinander waren, als meine Gedanken von der Show abwichen. Mein Chef war verlobt, und ich musste mich darauf konzentrieren, einfach nur für die nächsten sechs Wochen zu arbeiten, um den erhöhten Gehaltsscheck zu bekommen und sonst nichts. Ich hatte ihn geküsst, was ich nicht hätte tun sollen, und irgendwie fühlte ich mich mit meiner Rückkehr ins Büro wie Rapunzel, die aus ihrem Turm herausgelassen wurde, und ich hatte mich mitreißen lassen.

Ich konnte nicht glauben, was Tante Veronica alles mit Mama gemacht hatte, und ich hasste es zuzugeben, dass es vielleicht besser für Mama war, sie hier zu haben. Ich musste nur sichergehen, dass sie mich nicht ins Armenhaus brachte, während sie hier war, und nahm mir vor, morgen mit ihr zu sprechen. Und zwar streng. Ich war zu müde, um das Gespräch jetzt zu führen, aber es musste ein Kompromiss gefunden werden, und Mama musste sich an ihre Diät halten, und wir würden am Wochenende zu einem Chinesen gehen. Ich werde ihr das morgen früh sagen und dafür sorgen, dass sie mich verstand, und zwar laut und deutlich, denn ich bezahlte die Rechnungen, und es würde nicht mehr auf „meine" Kosten geprasst werden.

Kapitel Neun
Ross

Alec wollte am nächsten Morgen mit mir die letzten Neuigkeiten besprechen, aber darauf hatte ich eigentlich keine Lust, besonders nach einer solch rauen Nacht. Eigentlich hatte ich gedacht, dass eine kalte Dusche mich ein wenig beruhigen und mein Bedürfnis kühlen würde, zwischen Olivias Beinen sein zu wollen, doch das war leider nicht der Fall. Wenn überhaupt, war es jetzt sogar noch schwerer, nicht an sie zu denken, denn ich wusste genau, warum ich diese eiskalte Dusche nahm. Ich konnte sie einfach nicht aus meinem Kopf bekommen und dabei hatte ich sie erst gestern kennengelernt. Und dabei ging es noch nicht mal einfach nur um die Versuchung; es ging viel tiefer und dadurch fühlte ich mich nur noch schlechter. Sie war nicht der Typ Frau, mit dem man schlief, das Ganze als Eroberung abhakte und dann entspannt zur Nächsten überging. Mit ihr ging es wirklich viel tiefer.

Ich hatte mir sogar eine Anzahl von Gründen überlegt, warum es diesmal nicht einfach nur darum ging, eine Eroberung zu machen.

Erstens: Olivia war nicht der Typ Frau, den man einfach fickte und dann vergaß.

Zweitens: Ich wollte wissen, wie ihr Verstand funktionierte, herausfinden, wie gebildet sie war und ihre Intelligenz herausfordern.

Drittens: Ich wollte ihren Körper sehen, und zwar im Licht. Und ich wollte sie nicht von hinten nehmen, oder sogar auf allen vieren.

Und dieser dritte Punkt war der, der mir am meisten Angst einjagte. Tatsächlich bekam ich bei dem Gedanken Panik, war aber auch aufgeregt. Anscheinend regte mich zur Zeit alles auf. Ich erinnerte mich daran, dass mein Dad mir gesagt hatte, dass er anfing, sein Selbstbewusstsein zu verlieren, als er älter wurde. Ich fragte mich, ob es das war, was mir gerade passierte. Ich wurde älter, und hätte auch weiser werden sollen, und eigentlich hätte ich die Selbstbeherrschung besitzen müssen, mich zusammenzureißen. Und mich nicht zu benehmen, wie der hitzköpfige Teenager damals auf der Highschool oder der gedankenlose junge Mann, der ich in Yale war. Damals hatte ich nur eine Mission: Ficken und reich werden. Beides hatte ich jetzt getan. Vielleicht war ich jetzt ... alt?

„Du siehst zum Kotzen aus", erklärte Alec und ging zum Schränkchen mit dem Alkohol. „Eigentlich wollte ich ja vorschlagen, dass wir einen Kaffee trinken gehen, nur damit wir mal zur Abwechslung aus dem Büro herauskommen. Vielleicht holen wir uns einen Kaffee im Park und schnappen ein wenig frische Luft. Ich habe das Gefühl, dass ich in der letzten Zeit ständig drinnen bin, im Auto, im Büro und dann wieder zu Hause. Außerdem ist heute ein schöner Tag."

Als ich nicht antwortete, wackelte er mit dem Finger vor mir rum und kam dann zum Sofa, wo er sich vorbeugte und an mir roch, und ich wusste genau, was er herausfinden wollte. Nämlich, ob ich Olivia gefickt hatte, und es stimmte, ich tat es gern auf dem Sofa in der Ecke meines Büros. Allerdings noch lieber auf meinem Schreibtisch. Ich finde es erotisch, wenn man seine Sekretärin über seinen Schreibtisch beugt und von hinten vögelt. Das wurde mir nie langweilig und je öfter ich es tat, desto mehr Lust hatte ich darauf. Ich schüttelte den Kopf, um den Gedanken zu verdrängen. Ich konnte mir nicht vorstellen, Olivia auf meinem Schreibtisch zu nehmen. Dafür hatte sie zu viel Klasse.

Ich hätte lügen und ihm sagen können, dass nichts passiert war, was gar nicht so weit von der Wahrheit entfernt gewesen wäre. Schließlich habe ich nicht mit ihr geschlafen und ich habe sie auch nicht angefasst. Das stimmte zwar irgendwie, aber nicht ganz.

Ich platzte heraus: „Es ist nichts passiert."

Er zog eine Augenbraue hoch. „Irgendetwas ist passiert, sonst würdest du nicht so dreinschauen. Ich bin doch nicht von gestern."

Ich hasste ihn dafür, dass er das sagte und dass er mich so gut kannte. Er setzte sich mir gegenüber hin und schlug die Beine übereinander. „Wirst du es mir erzählen? Oder willst du den ganzen Tag lang Spielchen spielen?"

„Verschwinden wir von hier. Gehen wir in den Park, wie du es vorgeschlagen hast. Ich schicke Olivia schnell eine Nachricht und sage ihr, dass wir in einer halben Stunde wieder da sind."

Er nickte und starrte aus den Fenstern, während ich ihr eine Nachricht schickte und dann die Tür zumachte, um das Bürogebäude zu verlassen.

„Du hast gesagt, es sei ein schöner Tag heute. Das ist mir noch nicht einmal aufgefallen. Weißt du, dass ich nur bemerke, dass schlechtes Wetter ist, wenn es regnet und ich zu dir nach Hause komme und aus meinem Wagen steigen muss, oder in eine Bar oder ein Restaurant gehe."

Fuck! Ich wollte nicht, dass er erfährt, dass ich gestern Abend in einer Bar war.

„Ross, du arbeitest zu viel", erklärte Alec und drückte den Aufzugknopf. „Du musst die Dinge ein wenig leichter nehmen. Das ist auch der Grund dafür, warum du denkst, dass Sex all deine Probleme löst, aber das tut es nicht. Und deswegen verlierst du immer wieder die Kontrolle, Mann. Nimm einfach alles nicht ganz so ernst."

Ich nickte und dachte darüber nach, was er sagte und wie ich mich fühlte. Und als sich die Türen des Aufzugs schlossen, hatte ich das Gefühl, ihm alles sagen zu müssen.

„In der Woche mit Scarlett habe ich mich wie ein hungriger Bär gefühlt, der nie ganz satt ist und immer weiter isst."

„Ich habe nie ganz verstanden, warum du es getan hast, ich meine, worüber habt ihr beiden euch überhaupt unterhalten?"

Ich dachte eine Zeit lang über seine Fragen nach und da wurde mir klar, dass ich nicht auch nur auf ein Wort gehört habe, das aus Scarletts Mund gekommen ist. Ich konnte immer nur daran denken, wie ich sie fickte, oder wie ich sie als Nächstes ficken würde. Das war die Basis unserer gemeinsamen Zeit. Es war schön, solange es dauerte, doch sobald es vorbei war, bedauerte ich bereits, sie nicht anders gefickt zu haben.

„Fuck, sie hatte recht, es ging mir die ganze Zeit nur um ihren Körper. Weißt du, als sie an jenem Tag das Büro verlassen hat, habe ich nur geseufzt, mich an meinen Schreibtisch gesetzt und gedacht – keine Scarlett mehr."

Er schüttelte den Kopf: „Du bist wirklich wahnsinnig oberflächlich."

Ich stimmte ihm zu: „Da sagst du mir nichts Neues."

Wir stiegen aus dem Aufzug, und ich konnte nur daran denken, dass Alec der Einzige war, mit dem ich reden konnte, und dass er mich nicht verurteilen würde. Nicht wie jeder andere es getan hätte. Die anderen Jungs würden mir wahrscheinlich auf die Schulter klopfen und mir gratulieren. Alec sah eine andere Seite von mir, von der ich die meiste Zeit nicht einmal wusste, dass sie existierte. Alec war meine einzige Stimme der Vernunft. Auch wenn ich es manchmal hasste, ihm zuzuhören.

„Du willst doch Kaffee, oder?" Ich nickte mit dem Kopf, als wir durch die Sicherheitstore gingen, und ich grüßte die Wachen mit einem kurzen Heben meines Kinns. Ich fragte mich, ob sie überhaupt wussten, wer ich war. Ich kam nie auf diesem Weg durch das Gebäude. Gewöhnlich fuhr ich direkt von meinem Büro aus mit dem Aufzug in die Parkgarage hinunter und aus dem Parkhaus hinaus.

Ich erblickte einen jungen Mann mit wanderndem Blick, und er erinnerte mich an mich selbst, als ich jünger war.

„Ist der neu?"

Alec lachte: „Ich habe keine Ahnung. Ich kenne auch nicht alle Angestellten."

Da hatte er allerdings recht, warum sollte er das auch tun? Wenn es mir schon nicht gelang, warum sollte er es dann.

„Warum, kommt er dir bekannt vor?", fragte er, aber es war eher eine rhetorische Frage. Alec interessierte sich nicht für den Sicherheitsmann. Ich schüttelte den Kopf, als wir durch die Türen traten. „Nein, es ist nur die Art und Weise, wie er die Rezeptionistin angeschaut hat. Er erinnert mich an mich früher."

Er lächelte: „Bist du jetzt auch noch sentimental, oder was? Warst du beim Arzt und er hat dir gesagt, dass du nur noch einen Monat zu leben hast?"

Er sagte es sarkastisch und ich hasste ihn dafür. Ich schüttelte den Kopf. „Holen wir uns jetzt diesen Kaffee, oder was? Schließlich habe ich gesagt, dass ich nur eine halbe Stunde weg bin. Und nicht drei Stunden lang."

Er lachte leise. „Und wer ist der Chef? Du oder Olivia? Und selbst wenn du mehr als eine halbe Stunde wegbleibst, was soll sie schon machen? Dich feuern?"

Ich machte mir nicht einmal die Mühe, darauf zu antworten, aber als er zu Starbucks ging und ich draußen wartete, konnte ich nicht umhin, mein Telefon zu überprüfen. Nichts. Olivia hatte nichts zu meiner Antwort gesagt, aber sie hatte meine Nachricht gelesen. Der Kuss, der nicht hätte geschehen dürfen, hielt sie vielleicht von einer Antwort ab oder noch schlimmer. Vielleicht wollte sie gar nicht mehr ins Büro kommen.

Bei Starbucks war nicht viel los, wenn man bedachte, dass es morgens war. Ich wusste nicht, was der ganze Rummel sollte, aber Starbucks war sonst immer voll. Ich erwartete, dass Alec eine Weile brauchen würde, um unseren Kaffee zu holen, aber er war schnell wieder da. Er reichte mir meinen Kaffee mit einem Blick, der sagte: Sagst du mir jetzt, was los ist, oder muss ich es aus dir herausprügeln?

„Spuck es schon aus! Hör auf zu schmollen, sonst habe ich das Gefühl, ich muss raten, was los ist. Und für so einen Blödsinn ist es viel zu früh am Morgen."

Er hatte recht, und hätte er das Gleiche mit mir gemacht, hätte ich mich darüber geärgert.

„Gehen wir in den Park, setzen und unterhalten uns. Hoffentlich ist unsere Bank frei."

Er lachte: „Unsere Bank. Oh je, wenn jemand im Büro das wüsste, gäbe es ganz sicher Gerüchte."

„Besonders, wenn Olivia ihnen von dem Kuss gestern erzählt."

Er schüttelte den Kopf. „Dafür scheint sie nicht der Typ zu sein. Sie erscheint mir viel zu professionell, um an dem Klatsch im Büro teilzunehmen."

Es war Zeit für uns, die Ampel zu überqueren, und mir wurde klar, dass Olivia nicht nur auf mich, sondern auch auf ihn einen Eindruck gemacht hatte. Alec schien sie zu mögen, und er hatte sie erst gestern Morgen kennengelernt und einmal, als wir zum Mittagessen ausgegangen waren. Sie hatte in so kurzer Zeit einen so starken Eindruck auf ihn gemacht. Es war verrückt, wie sie diese Wirkung nicht nur auf Männer, sondern auch auf Frauen zu haben schien. Alle anderen Sekretärinnen kamen und stellten sich ihr vor und fragten, ob sie mit ihnen ausgehen wolle. Es war surreal, ich war besorgt, dass eine alte Jungfer ins Team passen und vor allem für mich arbeiten könnte, und sie hat sich an ihrem ersten Tag gut eingefügt.

Wir kamen mit unseren Tassen mit dem heißen Kaffee in der Hand an unserer Bank an und setzten uns. Als wir die Firma eröffneten und alle einstellten, waren wir sehr aufgeregt. Im Laufe der Zeit stellten wir jedoch fest, dass wir dem ständigen Bedürfnis, immer involviert zu sein, entfliehen mussten. Wir hatten diese Bank hier draußen gefunden, und von Anfang an machten wir sie uns zu eigen.

Es kommt nicht oft vor, dass wir das taten, aber manchmal setzen wir uns auf diese Bank wie zwei Landstreicher und teilten uns eine Flasche Whiskey. Scheiße, das waren die guten alten Zeiten. Wir hatten vereinbart, dass wir das jeden Freitagabend machen würden. Wir saßen hier, gratulierten uns gegenseitig zu jedem neuen Deal, der zustande kam, und beschimpften jeden im Büro, der uns ärgerte. Es machte Spaß, und Alec liebte die Vorstellung, draußen zu sein, weit weg von seiner liebenden Familie, und ich liebte es, mich meinem besten Freund so verbunden zu fühlen.

„Es ist nur so ...", sagte ich nachdem ich einen Schluck von meinem Kaffee genommen habe und den Mut aufgebracht habe, mit ihm über Olivia zu reden.

„Also?"

„Also, war ich mit ihr in dieser Bar." Ich zögerte und nahm einen weiteren Schluck Kaffee. „Mit Olivia", sprach ich weiter, um sicherzustellen, dass es keine Missverständnisse gab.

„Und?"

Es herrschte ein unbehagliches Schweigen, als ich versuchte zu beschreiben, was passiert war, da ich wusste, dass wir zurück ins Büro gehen und herausfinden könnten, dass sie ihre Kündigung eingereicht oder mich wegen sexueller Belästigung angezeigt hat. Wie auch immer, ich hatte kein gutes Gefühl, weil sie mir auf meine WhatsApp-Nachricht nicht geantwortet hatte.

„Und dann habe ich sie geküsst."

„Und dann? Bitte sag mir, dass das alles ist. Bitte sag mir, dass sonst nichts mit Olivia passiert ist?" Und daraufhin stürzte er seinen Espresso runter, als wäre es ein Glas Wodka.

„Und dann habe ich die Bar verlassen."

„Jetzt mal im Ernst, Ross, du musst mir nicht jedes einzelne Detail jenes Abends erzählen. Sag mir einfach, was genau vorgefallen ist. Was hast du getan?" Er stand auf und ich wusste, dass er sich über mich lustig machte. Also vermied ich den Blickkontakt und starrte stattdessen vor mich hin, wobei ich weiter meinen Kaffee trank, als wäre er zu heiß. Das war er übrigens auch ein bisschen, aber ich hätte ihn viel schneller fertig trinken können, als ich es tat. Das stand schon mal fest, aber es schien mir schlauer, nur daran zu nippen und ihn seinen kleinen Ausbruch beenden zu lassen, von dem ich mir sicher war, dass er gleich kommen würde.

„Du hast sie geküsst. In der Öffentlichkeit. Du." Er zeigte mit dem Finger auf mich, als er aufstand und obwohl er genau wusste, was meine Körpersprache bedeutete, zwang er mich trotzdem dazu,

Augenkontakt mit ihm herzustellen. Manchmal fragte ich mich, warum wir beste Freunde waren, denn er wusste die ganze verdammte Zeit, wie er an mich herankommen konnte. Und er nutzte jede Gelegenheit, um mir das zu beweisen.

Ich schüttelte den Kopf und dachte, ich hätte meine große verdammte Klappe halten sollen, und ich wurde alt, weich und nicht nur im Kopf, auch von der Taille abwärts, und gleichzeitig lahm.

„Ja", platzte ich heraus und dachte bei mir, dass ich besser meinen Kaffee trinken und nicht nur daran nippen sollte. Der Kaffee war nicht einmal besonders gut, einfach nur voller Zucker und Schokolade. Ich konnte fast den verdammten Kaffee nicht schmecken. Es schmeckte so, als müsste ich ein verdammtes Krimiexperiment durchführen, um den Kaffee in der verdammten Tasse zu finden. Im Ernst, warum trank man überhaupt solchen Kaffee? Ich hätte mir einfach bei der Kaffeemaschine in der Küche auf unserer Etage einen Kaffee holen können. Dann hätte ich wenigstens Kaffee gehabt, und nicht etwas, das aussah wie Kaffee, bevor man es in die Maschine tat, und dann gegen Milch und Schokolade ausgewechselt wurde, wobei sie wahrscheinlich hofften, dass niemand es bemerkte; und dann machten sie einfach ein viel zu hohes Preisschild daran und erzählten allen, dass es sich um Kaffee handle. Trotzdem entschied ich mich, weiterhin an dem verdammten Ding zu nippen, weil es das letzte Mal war, dass ich auch nur einen Cent in dem Laden ausgebe. Auch wenn der Cent dieses Mal eigentlich nicht meiner war, sondern Alecs.

„Wow, du weißt ja, was das heißt?"

Ich schüttelte den Kopf und dachte an ihren Duft und dieses verdammt sexy Lächeln. Eine intelligente Frau, die mich wissen ließ, dass ich nicht einmal meinen Satz beenden musste, weil sie genau wusste, was ich dachte, weil sie in Harvard gewesen war und sich leidenschaftlich für die Finanzindustrie interessierte.

„Dich hat es erwischt", erklärte Alec und schlug die Hände zusammen.

„Was zum Teufel soll das heißen?"

Ich schüttelte den Kopf, weil ich keine Ahnung hatte, was er meinte.

„Was hat mich erwischt?"

Das war einer dieser Sätze, die ich nie richtig verstand, und das ärgert mich. Wann hatte unsere Sprache an Bedeutung verloren?

„Die Liebe."

„Sehr witzig", murmelte ich und blickte hinab auf den Kaffee in meiner Hand. Ich konnte nicht mehr an der weißen, überteuerten Tasse Milch und Schokolade nippen und beschloss, dass wir uns auf den Weg ins Büro machen mussten, damit ich richtigen Kaffee bekam. Einen richtigen und der kostete nichts. Obwohl ich technisch gesehen die Rechnungen im Büro bezahlte und Alec für diese beschissene Tasse Kaffee bezahlte, nicht ich. Ich machte mich nie über etwas lustig, es sei denn, es ging um eine weitere Million auf meinem Konto, aber das war verdammt lustig. Ich warf meine Tasse in den Müll, und Alec lief weiter hinter mir her, als ob wir in dem Michael Jackson-Musikvideo Thriller wären, als MJ das Mädchen in dem Video über seine Angst neckte.

Wie war ihr Name noch gleich?

Ich erwartete, dass er jeden Moment sein Bein in die Luft kickte und rief: „Eh-he!" Daran zu denken, dass er MJ war: Es war erst halb neun und viel zu früh für derartige Aufregungen.

„Denk doch mal drüber nach, Ross", flüsterte er, als wir an einer Ampel haltmachten und nebeneinanderstanden. „Du hast sie noch nicht mal mit nach Hause genommen. Oder sie gefragt, ob sie mit dir ausgehen möchte. Richtig?"

Ich nickte und war sprachlos, als mir klar wurde, dass er recht hatte. Ich hatte sie nicht mit nach Hause genommen, ich verzichtete ihm davon zu berichten, dass ich nach Hause gegangen war, um kalt zu duschen, und mir gewünscht hatte, dass ich sie zu mir nach Hause gebracht hätte, aber mein erster Instinkt war nicht, sie nach Hause zu bringen, sondern so weit wie möglich von ihr wegzukommen.

„Ja, aber mir blieb keine Wahl. Schließlich wollte ich nicht verklagt werden oder wegen sexueller Belästigung angezeigt", flüsterte ich und stellte fest, dass die Frau neben mir plötzlich ein wenig zu nah an mir dran war.

Im Ernst?

Am helllichten Tag.

In einer Bar oder einem Club könnte ich das verstehen, aber wer versucht, an einer Ampel jemanden zu verführen?

Diese Frau mit den feuerroten Haaren tat es, und sobald die Ampel umschaltete, war ich verdammt schnell weg. Ich hatte nicht die Absicht, mit einer Fremden an einer Ampel ein Gespräch anzufangen, die vielleicht versucht, mich zu verführen oder zu überfallen. Manchmal war es in dieser Stadt schwer zu unterscheiden.

Als wir ein paar Minuten später ins Gebäude traten, war ich froh, dass andere aus unserem Stockwerk gingen.

„Was sollte es denn sonst sein?"

„Ich weiß nur, dass ich verdammt noch mal nicht geschlafen habe, Alec, also brauche ich erst mal einen dreifachen Espresso. Außerdem habe ich sie gestern erst kennengelernt, und sag mir jetzt nicht, dass du an die Liebe auf den ersten Blick glaubst? Warst du vielleicht im Kino und hast dir den neuesten *Fifty Shades* angesehen? Geistert dir das wieder im Kopf herum?"

Er klopfte mir auf die Schulter, als wir durch die Sicherheitsstation gingen. Ich lächelte den Wachmann an, als ich sah, wie er die Empfangsdame noch einmal musterte. Ich fragte mich, wie lange und wie oft er das jeden Tag tat. Ich nickte ihnen allen zu, als sie erkannten, dass der Big-Boss durch das Gebäude ging. Ich ging nach außen hin aufrecht, aber innen war ich ein verängstigter, einsamer verlorener Junge und wie der Wachmann auf der Suche nach Liebe.

Ha!

Das war Alec, der mir zu Kopf stieg, dachte ich, als wir durch den Lobbybereich und zu den Aufzügen gingen. Die Besessenheit seiner

Frau von dem Buch und dem Film hat ihn seltsam gemacht, vom ersten bis zum letzten Teil. Ich wusste nicht mehr, wie der Film hieß, aber eines wusste ich sehr wohl ich: Nachdem er den Film gesehen hatte, beschwerte er sich darüber, dass er ein ganzes Jahr warten musste, bis der nächste Film herauskam.

„Versuch jetzt nicht das Thema zu wechseln", sagte er und drückte auf den Aufzugknopf. Ich hoffte, dass niemand uns zu nahe kam und versuchte, unser Gespräch zu belauschen, denn ich hatte heute keine Lust auf Tratsch. Nicht dass das an einem anderen Tag anders gewesen wäre.

„Was ist denn los? Streicht sie dir im Buch wieder bestimmte Passagen an?" Diesmal war ich an der Reihe damit, ihn zu necken. Ich wollte ihn dazu bringen, zuzugeben, dass sie nicht diejenige war, die davon besessen war, sondern er.

„Manchmal bist du wirklich ein Arsch, Ross", zischte er, als die Aufzugtüren sich öffneten und wir einstiegen. Alec hatte allerdings in einem Punkt recht: Er sprach über Olivia, also hatte ich vorsorglich das Thema gewechselt und eins ausgewählt, dass er hasste, Fifty Shades.

„Sie streicht mir nicht nur Passagen an, sondern geht auch zu verdammten *Fifty Shades* Treffen ..."

„Verdammt, sowas gibt es?"

Verdammt, vielleicht hatte ich unrecht, und sie war wirklich diejenige, die davon besessen war, dachte ich bei mir selbst, als ich darauf wartete, dass die Türen sich schlossen.

„Ja. Bei diesem Treffen sitzen ein Haufen Frauen beieinander und beschweren sich über all die Dinge, die ihre Männer nicht für sie tun."

Nun war ich derjenige, der ihm auf die Schulter klopfte, und ich verbrachte die ganze Fahrt nach oben damit, mich über ein Thema aufzuklären, das mich nicht interessierte, da ich langsam nervös wurde.

Ich wusste nicht, was mich nervöser machte, der Gedanke, dass Olivia heute zur Arbeit kommen würde oder dass sie nicht kommen würde.

So oder so, während Alec mir alles über Fifty Shades erzählte, dachte ich immer nur daran, was Olivia wohl tragen würde, wenn sie zur Arbeit käme.

„Und sie diskutieren nur über Teile des Buches, die ihnen gefallen haben, und über Teile des Films, die ihnen nicht gefallen haben, und warum sie sich darauf beziehen können. Es ist fiktional, verdammt noch mal, warum denken alle so viel darüber nach. Ich bin ihr Mann, ich bin hier, und es ist ihr egal. Nein, sie sorgt sich nur darum, dass Christian Grey mit seiner problematischen Kindheit zurechtkommt. Ich fragte mich, wenn ich eine so schwierige Kindheit gehabt hätte, ob sie sich mir gegenüber auch so einfühlsam verhalten würde."

„Nein", sagte ich, als sich die Türen des Aufzug öffneten. Und wer kam da gerade vorbei?

Olivia!

Sie war gekommen und ich freute mich darüber, dass sie ein grünes enges Kleid trug, dass jede Kurve ihres Körpers betont. Sie trug ihr Haar offen und warf sie sich über die Schulter, als sie an uns vorbei ging. Und ich konnte nur noch daran denken, wie ich ihr Haar hoch hob und sie auf ihren sexy Nacken küsste. Vielleicht sollte ich mich doch nicht zu sehr darüber freuen, dass sie dieses Kleid trug.

„Jetzt weiß ich auch wieder, warum du ihr nicht widerstehen kannst", erklärte Alec, als wir beide auf dem Weg zu meinem Büro innehielten und sie anstarrten. Es war uns beiden egal, wer uns dabei sah, denn wir waren einfach wie gebannt, als wir meine neue Sekretärin beobachteten, die jetzt lächelte und an uns vorbei ging.

Ich stimmte ihm zu. „Sie sollte nicht nur als Sekretärin in einem Büro arbeiten."

Er schüttelte den Kopf: „Sie hat so viel Besseres verdient, als deinen Schwanz." Dann klopfte er mir auf die Schulter, und ich wusste, das war das Ende unserer gemeinsamen Zeit. Er hatte mich zum Nachdenken aber auch durcheinandergebracht. Ich hatte gedacht, dass ich mich besser fühlen würde, wenn ich ihm das mit dem Kuss beichte. Wenn überhaupt, dann fühlte ich mich durch ihn jetzt noch schlechter.

Er hatte recht; das war alles, was ich ihr zu bieten hatte, und ich wusste, dass es einfach nicht genug war.

***

Das war ein verdammter Witz. Ich befolgte Alecs Anweisungen genau und hielt mich von Olivia fern. Ich konnte sie nicht in meinem Büro haben, nicht alleine. Er gab mir einige Tipps, bevor er mich mit ihr allein ließ und zurück in sein Büro ging. Ich war völlig durcheinander und verhielt mich wie ein verliebter Teenager, dem nicht klar war, was er tun sollte und wie er die Regeln einhalten sollte. Das war aber nicht ganz falsch.

Also machte ich einige verrückte Sachen. Ich sagte Olivia, sie solle an ihrem Schreibtisch bleiben und ich würde ihr diktieren. Ich wollte aufstehen und sie dazu bringen, hereinzukommen und sich über den verdammten Schreibtisch zu beugen, denn während ich sprach, wurde mir klar, dass es nicht Scarletts Gesicht war, das ich sah, sondern ihres. Sie verdiente mehr als nur einige schmutzige Gedanken, und ich musste meinen Kopf im Geschäftsmodus halten, sonst müsste ich sie loswerden. Daran bestand kein Zweifel.

Nur noch ein paar Tage, und wenn das Geschäft zustande kommt, kann sie wieder von zu Hause aus arbeiten!

Das war Alecs letzter Text an mich, und ich dachte darüber nach, dass sie Zeit von mir getrennt verbrachte und ich wusste, dass es die beste Möglichkeit war, sie bei Laune zu halten und sie nicht zu verlieren. Ich durfte sie nicht verlieren. Sie hatte sich in nur einem Tag mehr als dazu in der Lage erwiesen, diese Rolle zu übernehmen. Es wäre erbärmlich von mir, darüber nachzudenken, etwas zu tun, das ihrer Position hier schadet. Sie kümmerte sich um ihre kranke Mutter, aber ich muss zugeben, was mich am meisten gestört hat, war, dass wir nicht einmal über diesen Kuss gesprochen haben.

Ich konnte nicht zu meinem nächsten Meeting gehen. Ich beschloss, dass ich es ausfallen lassen würde, da ich der Chef war. Sie brauchten mich nicht bei jedem Meeting, nur damit ich ihnen allen sage, was sie tun sollen. Wäre das der Fall, sollten sie alle entlassen werden, aber ich wusste ja, dass dies nicht so war.

Also loggte ich mich in mein Amazon-Konto ein und sah meine üblichen Empfehlungen: Elon Musk, Duncan Clark, Steve Jobs, Robert Iger und Warren Buffett. Scheiße, Warren hatte ein neues Buch herausgebracht, das wusste ich nicht, und ich sollte es mir ansehen und lesen, aber heute war nicht der Tag dazu.

Ich war nicht auf der Suche nach meinen üblichen Autoren oder meinen üblichen Power-Büchern. Nein, die Neugierde überkam mich und ich kaufte Fifty Shades. Ich musste herausfinden, was es mit der Aufregung auf sich hatte. Ein paar Mädchen im Büro hatten auch darüber gesprochen, nicht nur Alecs Frau, und ich war bis jetzt noch nie neugierig darauf gewesen. Alec hatte etwas gesagt, das mich dazu brachte, es lesen zu wollen.

Er sagte, die Situation zwischen Olivia und mir sei wie Fifty Shades. Ich ging an meine Tür und dann zurück an meinen Schreibtisch und sagte Olivia, sie solle alle meine morgendlichen Treffen absagen. Ich gab ihr keine Erklärung und sie bat nicht um eine. Ich hätte nach Hause gehen können, um es zu lesen, aber dann dachte ich, wenn mich jemand sprechen wollte, dann wäre ich wenigstens vorerst noch im Büro. Außerdem hatte ich nicht vor, das ganze Buch zu lesen, vielleicht ein oder zwei Kapitel. Aber am Anfang war es etwas langatmig, und ich las weiter, nur um zur Handlung zu kommen, und zwischen ein paar Besuchen zum Getränkeschrank las ich es dann immer noch. Ich wollte schon längst einen Espresso trinken, aber wie ein Feigling, war ich einfach in mein Büro gerannt und hatte den Kaffee ganz vergessen, als ich sie gesehen hatte.

Dieses verdammte Buch war so, als würde ich meine Biografie lesen. Der Typ, Grey, war ein Kontrollfreak, der niemanden an sich heran ließ. Doch er sah Anastasia, die junge Frau, die noch nie in ihrem Leben einen Computer gesehen hatte, aber an der Universität war, erklärte sie zu seiner Frau und nahm sie sich einfach. Er gab ihr keine Chance, nein zu sagen, als er sie in sein Spielzimmer mitnahm. Ich hatte keines, das so ausgestattet war wie seins, also beschloss ich, dass ich anfangen würde, Einkäufe zu tätigen, und machte eine Wunschliste bei Amazon. So schlecht war ich gar nicht, oder?

Ich kam noch nicht einmal bis zum Ende des Buches, aber als ich mir noch einen Schluck Bourbon holte, beschloss ich, eine E-Mail an die Abteilung zu schreiben.

Betreff: Drinks am Freitag
Bittet haltet euch alle Freitagabend frei. Ich lade euch alle ein!
Ross

Ich drückte die Eingabetaste, und dann war ich stolz auf mich, dass ich eine solche Entscheidung getroffen hatte. Es gab ein paar Feinheiten, die an der E-Mail vorgenommen werden mussten, wie z.B. welcher Freitag und wohin wir alle gehen sollten und, was noch wichtiger ist, zu welcher Zeit.

Aber kleine Details wie diese kamen mir nicht in den Sinn, als ich die E-Mail tippte, das Wichtigste war, dass ich sie alle ausführte. Olivia würde sich um den Rest kümmern. Scheiße, sie konnte alles in Ordnung bringen. Bei diesem Gedanken lachte ich leise vor mich hin.

„Mr. Hamilton, sind Sie da?", fragte Olivia auf der anderen Seite der Tür. Dabei wusste sie, dass ich da war, weil ich es ihr gesagt hatte, und außerdem musste sie gesehen haben, wie ich die Tür zugemacht hatte. Schnell blickte ich zur Uhr an der Wand.

Fuck, stand dort wirklich zwei Uhr? Hatte ich mich tatsächlich seit neun Uhr morgens im Büro eingesperrt und habe Sexspielzeuge auf eBay bestellt (Ich habe mich dann doch gegen Amazon entschieden, weil ich herausgefunden habe, dass alles auf eBay viel billiger war) und Fifty Shades gelesen. Fuck, Rogers würde sich niemals mit uns zusammenschließen, sie würden einfach nur davon ausgehen, dass der

Geschäftsführer von Hamilton Enterprises nichts weiter war als ein Perverser!

„Ja, ja. Ich hole mir nur noch schnell einen Drink!" Eigentlich sollte ich mir besser keinen weiteren holen, besonders nicht auf leeren Magen.

„Möchtest du, dass ich ins Büro komme?" Sie sprach leise weiter. „Geht es um gestern Abend?"

„Es geht um fast jedes Mal, wenn ich dich sehe, Süße. Ich möchte mit dir Dinge tun, die gegen jede Religion sind", grunzte ich bei mir und drehte mich dann zu ihr um und platzte heraus: „Nein."

„Was hast du gesagt?"

Ich wollte es gerade noch einmal sagen, doch da kam sie in mein Büro wie eine Jungfrau in Not, und als würde diese es nicht mehr aushalten, vor der Tür zu warten.

„Das ist doch albern. Wir sind beide Erwachsene und müssen uns nicht wie Kinder benehmen. Du hast von deinem Büro aus diktiert, während ich davor an meinem Schreibtisch saß."

Die Versuchung war einfach viel zu groß; sie hatte dieses verdammte grüne Kleid an, sodass ich jede Kurve ihres Körpers sehen konnte, und ich wollte sie unbedingt besitzen.

„Ich glaube einfach, dass wir gestern Abend ziemlich unter Druck standen. Ich war einfach glücklich, mal aus dem Haus und von meiner Mutter wegzukommen. Und ich hatte ein schlechtes Gewissen, weil ich so empfand. Und ich kann dich gut verstehen. Du hast eine Verlobte, die nicht mehr ..."

„Wie bitte?", fragte ich, während ich zur Tür ging und sie hinter ihr schloss, damit wir ein wenig Privatsphäre haben konnten.

„Scarlett", erklärte sie lachend. „Sie hat mir gesagt, dass ihr heiraten wollt. Sie hat mich sogar nach Ideen für ein Kleid gefragt und mich zur Hochzeit eingeladen. Ich war ein wenig überrascht, weil ich sie nie kennengelernt hatte."

Das war ein verdammter Witz. Ich war zu berauscht von ihrem Parfüm und ihren Füßen und Händen, um sie über meine Arbeitsbeziehung mit Scarlett und den wahren Grund aufzuklären, warum ich Scarlett aus dem Büro haben wollte und Olivia im Büro brauchte. Warum zum Teufel dachte sie, dass Scarlett und ich verlobt waren? Ach ja, Scarlett hat es ihr gesagt.

Scarlett hatte meine Versuche, mich von ihr zu distanzieren, ignoriert und mir seit ihrem Weggang weiterhin Nachrichten geschickt. Ich hatte sie sofort aus meinem Gedächtnis gelöscht, als ich sie gesehen hatte. Ich hatte nicht mehr mit der Frau gesprochen, nachdem ich ihr gesagt hatte, dass wir Abstand brauchten und sie sagte, dass wir über die Hochzeit sprechen müssten. Ich konnte ihr nicht einmal sagen, dass ich in sie verliebt war, geschweige denn, dass ich auf die Knie gehen und ihr einen Antrag machen wollte. Dann kam mir ein besorgniserregender Gedanke. Wem sonst hatte Scarlett gesagt, dass wir heiraten würden?

„Hat sie dir den Verlobungsring gezeigt?"

„Nein."

„Sehe ich so aus, als wäre ich verlobt?"

„Nein."

In meinem Büro herrschte so viel sexuelle Spannung, dass ich erwartete, dass die Fenster jede Minute beschlagen würden. Ich konnte mich nicht mehr dagegen wehren, nicht, wenn sie direkt vor mir stand. Es würde nur einen Moment dauern, sie zur Tür zu führen, meinen Körper mit ihrem zu verbinden und sie zu nehmen. Aus dem Blick des Bewusstseins in ihren Augen schloss ich, dass sie im Begriff war, sich mir hinzugeben. Ich wusste es, wie ich in der Bar gewusst hatte, dass sie zulassen würde, dass ich sie küsste. Meine Fragen waren schnell gestellt, und ihre Stimme zitterte, als sie antwortete.

„Und hast du vielleicht hier irgendwo Scarlett gesehen, seit sie gegangen ist?"

„Nein."

„Glaubst du wirklich, dass ich sie heiraten werde?"

Diesmal ergriff ich ihre Hände. Die Dokumente, die sie in den Händen gehalten hatte, fielen auf den Boden als meine Lippen kurz davor waren, auf ihre zu treffen. Doch dann schloss sie die Augen und flüsterte: „Nein."

Kapitel Zehn
Olivia

Ich verstand nicht, was passierte, aber ich wusste, dass ich es in diesem Moment unbedingt wollte. Ich war völlig außer Kontrolle, als es um Ross ging. Er hatte etwas in mir zum Leben erweckt, das ich für tot gehalten hatte. Ich versuchte, nach ihm zu greifen, aber er hatte meine beiden Hände in seinen geschlossen. Dann ließ er eine los und drückte sanft meine Brust. Ich keuchte in seinen Mund, was nur dazu führte, dass er leise lachte. Dann ließ er seine Hand langsam zu meinem Hintern gleiten, was mich komplett in seinen Bann zog, bis seine Hand sich zu meiner Hüfte bewegt hatte. Würde er sie erneut hinabgleiten lassen? Ich wünschte es mir so sehr, während wir einander in die Augen sahen, unsere Münder ganz nah beieinander, doch sie berührten sich nicht.

Dann küsste er mich, und ich vergaß zu denken.

Allerdings küsste er mich nicht so, wie er es in der Bar getan hatte. Wenn überhaupt, dann war dies nur ein Versprechen dessen, was er alles mit mir anstellen konnte.

Er erforschte meinen Körper, und seine Finger fühlten sich an, als ob sie überall gleichzeitig wären, und mein Körper schien als Reaktion auf seine Berührung wie in Flammen zu stehen.

Ich weiß nicht, wie lange wir dort gestanden haben. Ich war hin- und hergerissen. Ich war schon ewig nicht mehr so berührt worden, aber er war mein Chef, und das war Grund genug, ihm zu sagen, er solle aufhören. Ich arbeitete erst seit ein paar Tagen im Büro, aber ich hatte das Gefühl, dass ich ihm schon viel länger zu widerstehen versuchte.

Der tiefe, nagende Schmerz zwischen meinen Beinen sagte mir, dass ich nicht wollte, dass er aufhört, also protestierte ich nicht. Als er sich von mir löste, atmete er schwer, und seine Stimme klang verwirrt, als er sagte: „Entschuldigung."

Er schien eine Gewohnheit daraus zu machen, sich bei mir zu entschuldigen.

„Warum mich nicht?", hörte ich mich den Mann anbetteln, der einen ziemlichen Ruf im Büro hatte. Ich hatte von ein paar der Mädchen erfahren, dass er eine Sekretärin nach der anderen hatte. Sie sagten, es lag daran, dass er seinen Schwanz nicht in der Hose behalten konnte.

Doch mit mir hatte er kein Problem, als ob er mich wollte, aber etwas hielt ihn zurück, und ich fühlte mich wie eine Aussätzige, eine, die er nicht anfassen wollte. Es war mir egal, dass er einen Ruf hatte, ich wollte wieder einmal Lust empfinden, wie früher. Bis ich in dieses Büro gekommen war, hatte ich vergessen, dass ich das Leben einer alten Jungfer gelebt hatte. Ich bin nicht ausgegangen, hatte kaum soziale Kontakte und habe nur gearbeitet. Jetzt hatte ich die Chance, etwas zu tun, was ich früher immer getan habe. Die Flirts. Die Mittagessen und vor allem der heiße Sex. Ich wusste, dass ich von Ross nicht enttäuscht sein würde, er hatte nicht umsonst einen gewissen Ruf, und ich wollte wissen, ob das stimmte. War er wirklich so gut im Bett oder sogar in seinem Büro auf dem Sofa in der Ecke, wie alle behaupteten?

„Was?"

„Ich weiß über deinen Ruf Bescheid und die ganzen Sekretärinnen."

Es gab so viele Gründe, ihn nicht zu wollen, und doch tat ich es.

Er ging zu seinem Schrank mit dem Alkohol, wohin er sich immer zu flüchten schien, wenn er unter Stress stand.

„Bin ich wirklich so abstoßend?"

Ich senkte den Blick, da ich mir sicher war, dass ich der Grund dafür war, dass er seine Meinung so schnell geändert hatte.

„Machst du dich über mich lustig?"

Er starrte mich an und ich war wie gebannt. Sein durchdringender Blick schickte mir einen Schauer den Rücken hinunter, dann kam er auf mich zu und schob mich vor, als sei ich leicht wie eine Feder. Er trug mich zu seinem Schreibtisch und fegte alles, was darauf war, hinunter, darunter auch sein MacBook. Er sagte kein Wort.

Die Lust stand ihm ins Gesicht geschrieben, als er anfing, seinen Gürtel zu öffnen. Sein Blick streifte über meine Brüste und dann hob ich den Saum meines Kleides hoch, und sein Blick richtete sich auf mein Höschen. Plötzlich fühlte ich mich nervös, völlig machtlos, als wäre ich ihm ganz ausgeliefert.

„Zieh es aus!" Er war ein Mann mit einer Mission, und ich wusste ganz genau, dass ich ihm nicht widersprechen konnte. Ich hatte ihn darum gebeten und jetzt hieß mir die Lust in seiner Stimme zu gehorchen.

Er seufzte, als ich mir mit einer fließenden Bewegung das Kleid über den Kopf zog und meinen BH öffnete. Ich ließ beides zu Boden fallen und er platzte heraus: „Du bist so wunderschön."

Und dann, wie ein Panther, der bereit war, seine Partnerin zu vereinnahmen, legte er sich auf mich. Ich konnte mich nicht bewegen, da ich hilflos unter ihm lag. Er bewegte mich mit seinen Beinen und hielt meine Arme über meinem Kopf fest. Mit seiner freien Hand zerriss er mein Höschen und küsste mich dann über meinen ganzen Nacken und meine Schultern. Alles ging so schnell; es war berauschend, denn ich war mir sicher, dass jeder, der außerhalb des Büros war, genau wusste, was hinter der geschlossenen Tür vor sich ging.

Seine Lippen waren so weich, aber seine Bewegungen waren voller Verlangen, als er begann, auch in mir ein Feuer zu entfachen.

„Ja", schnurrte ich, als er eine meiner Brustwarzen in den Mund nahm, und es gleichzeitig mit seiner Zunge und den Zähnen bearbeitete.

Dann verlagerte er sich langsam auf die andere Brust, sodass ich mich wieder nach seiner Zunge sehnte.

Sein harter Schwanz war in seiner Hose gefangen und er rieb sich an meinem nackten Körper. Er erhob sich gegen mich, als er sich mit dem Versprechen, mich zu nehmen, auf mich wälzte.

Mit dem Versprechen, mich zu ficken.

Ich wurde immer feuchter, während ich mich an seiner Hose rieb. Seine Hand glitt nach unten und er befreite seinen Schwanz, dann hielt er für einen Moment inne. Wahrscheinlich versuchte er zu entscheiden, ob das das Richtige war.

Ich machte eine Pause, während er mich eine Sekunde lang musterte. Ich atmete hilflos und dachte, dass dies nicht nur das erste Mal seit drei Jahren sein musste, dass ich in einem Büro arbeite, sondern auch das erste Mal seit drei Jahren, dass ich Sex hatte.

Er sprang praktisch von mir herunter und knurrte: „Steh auf!"

Ich zögerte und dachte erneut, dass er seine Meinung geändert hatte. Dass er mich nicht wollte, und dass er nichts anderes getan hatte, als mich zu verspotten. Vielleicht war er der Typ Mann, der sich junge Mädchen wünschte. Der Typ Frau, der Scarlett mit Sicherheit war. Frisch von der Highschool mit ein paar Jahren Erfahrung. Ganz blond und ohne Verstand.

Ich sah, dass er ein kleines Lächeln im Gesicht hatte. Er fing an, seine Beine nacheinander hochzuheben, und so gelang es ihm, gekonnt seine Hose auszuziehen. Sein Hemd und seine Shorts hatte er immer noch an und sie verbarg seinen Schwanz, von dem ich wusste, dass er meine kühnsten Träume übertreffen würde. Ich setzte mich auf den Tisch und bewegte mich dann langsam auf ihn zu. Meine Hände zitterten bei dem Gedanken, dass er in mich kam. Er schien es zu genießen, mich zu beobachten. Seine Erektion war vollständig zu sehen. Ich bückte mich und kniete nieder, während ich seine Boxershorts herunterzog, und ich bewunderte ihn. Wie alles an Ross war auch sein Schwanz perfekt. Er war glatt und gerötet; es war das Erotischste, was ich je gesehen hatte, als er langsam anfing, ihn mit einer Hand zu streicheln, als er die Füße hob, um seine Boxershorts vollständig auszuziehen.

Er ließ ein leises Knurren ertönen, als ich versuchte, meine Finger um ihn zu schlingen. Meine Hände passten kaum um seinen Schwanz, und als ich sanft begann, ihn zu streicheln, begann er zu zittern, und ich konnte nur daran denken, ihn in den Mund zu nehmen.

Er warf sein Hemd auf das Sofa, griff nach meiner Hand und sagte: „Noch nicht."

Er hob mich hoch und setzte mich wieder auf seinen Schreibtisch. Es gab kein Höschen, das ihn daran hinderte, mich zu verwöhnen, also hob ich meine Füße an die Tischkante, damit er mich nehmen konnte.

Er schob einen Finger in mich hinein und sagte: „Du bist so verdammt feucht."

Seine Finger waren seidig gegen die Weichheit meiner Schamlippen. Je mehr er mich streichelte, desto mehr bebte mein Körper. Er bewegte sich näher an meine Klitoris heran, als er tief eintauchte und nach innen drückte. Ich begann, mich an seinen Fingern zu reiben und zu bewegen. Ich wusste, dass ich nackt auf seinem Schreibtisch lag, die Knie in der Luft und die Beine weit geöffnet, aber das war mir egal, denn ich wusste, dass er mich genauso sehr wollte wie ich ihn.

Es gab keine Heuchelei, denn wir standen beide nackt in seinem Büro, wissend, dass seine Tür nicht verschlossen war, und dass jederzeit jemand hätte hereinkommen können, doch das schreckte uns nicht ab, denn mit seiner freien Hand nahm er seinen Schwanz, um ihn statt seiner Finger zu benutzen und fing an, meine Muschi außen zu liebkosen.

Er bewegte ihn von einer Seite zur anderen, während ich mich am Tisch festhielt und versuchte, nicht sofort zu kommen. Ich hatte bis jetzt vergessen, wie sich das anfühlte.

„Ich halte es nicht mehr aus", sagte ich, als er ein wenig von mir zurückwich. Ich wollte ihm gerade sagen, dass ich kommen wollte. Dass ich so verdammt nah dran war, aber dann sah ich, wie er nach einem Kondom aus seiner Schreibtischschublade griff. Er riss die Verpackung auf und zog es sich über, dann kam er zu mir zurück. Mit einem Grinsen, das mich fast dazu gebracht hätte, ihn anzubetteln, kam er näher, bis er genau an der richtigen Stelle stand, um sich das zu nehmen, was wir beide wollten. Er fragte: „Willst du es wirklich?"

Wollte er sich über mich lustig machen? „Ross, wenn du auch nur noch ein einziges Mal aufhörst ..."

Er brachte mich mit einem Stoß zum Schweigen, der meinen Körper in Brand setzte. Ich wollte nicht nur, dass er mich fickt, ich brauchte ihn unbedingt. Ich keuchte, als er in mich stieß. Ich fühle mich wie eine wiedergeborene Jungfrau, als mein Körper versuchte, seinen dicken Schwanz aufzunehmen. Er begann, hin und her zu schaukeln, und dann legte er meine Beine auf seine Schultern, während er eine Hand an meinen Bauch legte und meinen ganzen Körper umschlang.

„Verdammt, deine Muschi ist so eng." Seine Stimme war heiser, als er hin und her schaukelte, und wir waren beide außer Atem, als sich das einst lauwarme Büro in einen sexuell aufgeheizten Raum verwandelte.

Als er weiter in mich hineinstieß, konnte ich nur noch einen scharfen Schrei ausstoßen. Der Winkel, in dem er eindrang, schickte intensive Lust durch meinen Körper. Er war so verdammt tief in mir. Ich war mir einer Kraft bewusst, von deren Existenz ich nichts wusste. Ich konnte fühlen, wie sie bei jedem Stoß durch mich hindurch vibrierte, und ich konnte mich nur am Schreibtisch festhalten, um das Gleichgewicht zu halten.

Seine Atmung wurde scharf und schnell, und er begann, animalische Laute von sich zu geben, als er tiefer in mich eindrang. Ich fühlte mich, als würde ich explodieren. Es stand nichts zwischen uns, als er mich mit seinem Schwanz füllte. Ich fühlte mich, als ob die Welt sich schwarz färbte, als ich fast von der Lust, die sich in meinem Körper aufbaute, ohnmächtig wurde.

Ich wusste, dass es nicht mehr lange dauern würde, bis Ross sich mir anschließen und ebenfalls kommen würde. Er befreite mich aus dem Käfig, in dem ich so lange gelebt hatte, und ich brach endlich aus. Ich hätte ihm sagen sollen, er solle langsamer machen; ich wollte nicht, dass dieser Moment endete. Aber ich konnte es nicht, weil ich in diesem Moment völlig aufging.

„Fuck, ich komme!"

Ich schrie laut auf, als er mich zum Orgasmus brachte. Es war egal, dass wir in seinem Büro waren, als eine Hitzewelle über mich hereinbrach. Es war drei lange Jahre her, dass ein Mann in meiner Nähe gewesen war, geschweige denn mich gefickt hatte. Ganz zu schweigen davon, dass er es in seinem Büro tat. All die Frustration und die Verweigerung, die ich meinem Körper auferlegt hatte, wurden in diesem einem Augenblick losgelöst. Es schien ihn zu ermutigen, sich mir anzuschließen, und er begann, zu knurren und sein Körper erstarrte. Er stieß härter als je zuvor in mich hinein, und dann war es vorbei.

Wir keuchten unkontrolliert, als er meine Beine, die auf seinen Schultern lagen, losließ, und von mir wegtrat.

„Wow", sagte er, als er zurücktrat und anfing, seine Kleidung einzusammeln.

„Meine Beine", sagte ich, als ich versuchte, vom Schreibtisch zu steigen.

Ich war nackt in seinem Büro und schlich wie eine alte Dame.

Wir sahen einander an und fingen an zu lachen wie zwei kleine Kinder. Er reichte mir mein Kleid und sagte: „Jetzt weißt du, dass ich dich unbedingt wollte, mehr als du ahnst."

Er schien schüchtern, als er mir seine wahren Gefühle gestand. Ich fühlte mich dadurch bestätigt, dass Ross viel mehr als nur mein Chef sein wollte, und er war nicht der Einzige. Ich wollte das Gleiche.

Kapitel Elf
Ross

Gott sei Dank befand sich ein Badezimmer in meinem Büro; ich ging schnell hinein, um das Kondom zu entsorgen, von dem ich nicht glauben konnte, dass es fast bis zum Rand voll war. Es war, als käme all die sexuelle Spannung von der Nacht davor heraus, als ich sie auf meinem Schreibtisch fickte. Wir gingen einer nach dem anderen hinein, um uns frisch zu machen, und jetzt waren wir bereit, mein Büro zu verlassen. Wir taten so, als ob wir Kollegen wären und dass vorher nichts passiert wäre.

Wir hatten versagt, und es war offensichtlich, dass meine Mitarbeiter, die zuvor still waren, sich wieder in Bewegung setzten, sobald wir aus meinem Privatbüro herauskamen. Es war gut, dass keiner von ihnen Schauspieler war, sie waren nicht gut darin, so zu tun, geschweige denn, sich so zu benehmen, als ob sie nichts gehört hätten.

Jeder in der Nähe meines verdammten Büros hatte uns gehört, denn sobald wir beide herauskamen, flüsterte jemand lauthals, ich konnte nicht sagen, wer: „Kommt da jemand?" Und wir konnten hören, wie laut gelacht wurde. Wir lachten über uns selbst, während wir Blicke austauschten, um unsere Verlegenheit zu verbergen, und wir scheiterten kläglich.

Alles, was ich nicht hätte tun sollen, wie ich es mir versprochen hatte, war gerade geschehen, und ich hatte eine verdammte Grenze überschritten. Ich hatte mir gesagt, dass ich mich von ihr fernhalten sollte, und das hätte ich tun sollen.

Warum nur höre *ich nie auf meine innere Stimme?*

„Mein Blick wanderte immer wieder zu ihr zurück, selbst nach unserem Gespräch heute Morgen. Zwei Tage. Zwei verdammte Tage."

Ich drehte mich zu Alec um und fühlte, wie er mir auf die Schulter klopfte, als ich zur technischen Abteilung ging, um nach meinem verdammten Mac zu sehen, der eindeutig ersetzt werden musste. In der Hitze des Gefechts war er auf den Boden gefallen, und als ich ihn aufheben wollte, bemerkte ich, dass der Bildschirm einen Riss hatte. Das Ding war so verdammt empfindlich. Ich dachte nicht, dass ich so grob gewesen wäre, aber es war offensichtlich, dass ich mich geirrt hatte, während ich mit dem Ding in der Hand lässig zu dieser Abteilung ging.

„Die ganze Abteilung auf Drinks einzuladen. Die Angestellten zu begaffen. Man könnte fast meinen, du seist ...“

„Sag es ja nicht!“, warnte ich ihn und dachte, dass ich eigentlich froh darüber war, sie auf meinem Schreibtisch gefickt zu haben. Es bedeutete nämlich, dass ich mich jetzt endlich auf die Arbeit konzentrieren konnte, und nicht mehr die gleiche sexuelle Frustration in der Luft lag, wie zu dem Zeitpunkt, als sie in mein Büro kam.

Er kam näher zu mir und sagte: „Entspann dich. Verdammt, so schlimm ist es nicht. Sieh mich an – ich lächle.“

Dann schnippte er mit den Fingern und fragte: „Kaputt?“

Ich nickte; mehr brauchte er nicht zu wissen.

„Und, war es das wert?“

Ich lächelte frech und erwiderte: „Und wie. Mehr als ich dir je sagen werde. Jetzt hole ich mir schnell einen neuen Computer und gehe dann in mein Meeting, dass ich gern vermieden hätte, weil ich den ganzen Tag verplempert habe.“

Am liebsten hätte ich ihm die Schuld dafür gegeben, dass ich diesen Tag verloren hatte, doch dann hätte ich zugeben müssen, was ich auf eBay und Amazon getrieben hatte. Auf keinen Fall! Das würde nämlich nur dazu führen, dass er mich noch mehr mit allem aufziehen würde, darunter zum Beispiel auch die Nummer mit Olivia in meinem Büro.

„Dank deinem Glücksstern, dass du dich heute Abend nicht mit dem Club meiner Frau treffen musst. Ich würde ihr am liebsten sagen, dass ich lange arbeiten muss. Aber dann habe ich ein schlechtes Gewissen, weil sie enttäuscht ist.“

Ich zuckte mit den Achseln: „Dann geh doch einfach nicht hin. Sag ihr einfach, dass du keine Lust hast."

Er seufzte. „Du wirst schon bald selbst feststellen, dass es nicht so einfach ist. Manchmal muss man eben Sachen machen, die unseren Frauen gefallen, egal wie schmerzhaft es auch sein mag."

„Schon, aber wenn du nicht über das Buch oder den Film reden möchtest, was machst du dann den ganzen Abend lang?"

"Ich sorge dafür, dass sie glücklich ist. Bis morgen."

Ich nickte. „Alles klar", dachte aber bei mir, dass es vielleicht ein wenig früh war, um nach Hause zu gehen. Allerdings schrieb ich ihm nicht vor, wann er zu arbeiten hatte. Mir war durchaus bewusst, dass er mehr als genug arbeitete.

Verdammt!, dachte ich, als ich auf meine Rolex schaute. Es war fast vier, und ich hatte wenig Zeit, meinen Mac richten zu lassen, bevor ich mich auf den Weg zu dem Meeting machte. Es heißt, die Zeit vergeht wie im Flug, wenn man sich amüsiert. Ich muss zugeben, dass ich wegen des heutigen Tages nervös war, aber am Ende war er viel ereignisreicher, als ich es mir hätte träumen lassen, und dieser Gedanke zauberte ein Lächeln auf mein Gesicht. Es gab nicht viele Dinge, die das bewirken, aber Olivia war das heute in meinem Büro auf mehr als eine Weise gelungen.

***

Es war Freitagabend, und es war Zeit, die Abteilung auf den versprochenen Drink einzuladen, sie waren alle so eifrig. Etwas zu eifrig, dachte ich, nachdem ich die E-Mail gesehen hatte. Ich beschloss, nicht länger zu warten, und bat Olivia, eine neue E-Mail zu schicken, diesmal mit den wesentlichen Angaben, wo, wann und vor allem zu welcher Zeit das stattfinden sollte.

Die Woche war nach dem Vorfall mit Olivia wie im Flug vergangen. Ich stellte fest, dass wir ein gutes Team waren. Wir waren nun nicht mehr angespannt im Umgang miteinander, und es gab eine

Verbindung zwischen uns, wie ich sie noch mit keiner meiner Sekretärinnen zuvor gehabt hatte. Ich verspürte auch nicht den Wunsch, sie wieder auf meinem Schreibtisch zu nehmen.

Stattdessen wollte ich sie besser kennenlernen, und ich hatte das Gefühl, dass sie genauso empfand.

„Soll ich dich zur Bar mitnehmen?", fragte ich, als mir klar wurde, dass es etwa eine Stunde vor dem abgemachten Zeitpunkt war, für den ich mich entschieden hatte, weil dann wahrscheinlich keiner meiner Angestellten dort war.

„Nein, danke. Ich gehe mit ein paar anderen Mädchen aus dem Büro. Sie packen gerade zusammen."

Ich lachte: „Aber es dauert nur zehn Minuten oder so, um dorthin zu gehen, und wenn man fährt sogar noch weniger. Sie müssen jetzt noch nicht losgehen."

Sie nickte: „Das wissen sie, aber sie freuen sich alle sehr, dass du sie zu diesem neuen Griechen eingeladen hast. Einige der Mädchen sagten, dass sie es sich erst einmal ansehen wollten. Ich wollte es mir auch schon ansehen, aber du weißt ja, die Preise in New York sind sehr hoch und das Restaurant liegt mitten in Manhattan."

Ich schüttelte den Kopf, als mir klar wurde, dass das Ganze ziemlich teuer werden würde.

„Wie viele Leute arbeiten noch gleich in dieser Abteilung?"

„Jetzt fängst du an zu rechnen? Dazu ist es ein bisschen zu spät, Ross. Setz es doch einfach als Geschäftsausgabe ab."

Sie hatte natürlich recht, jetzt war es zu spät, mir Gedanken darum zu machen, wie teuer es werden würde, da die Sache ja schon entschieden war und ich allen gesagt hatte, dass wir dorthin gehen.

„Du wirst schon sehen, es wird toll", versicherte sie mir.

Ich lächelte sie an: „Also lässt du dich heute gehen?"

Sie wollte wissen: „Würde dir das gefallen?"

Ich nickte: „Mir würde es gefallen, wenn du dein Haar offen trägst. Du siehst dann fast aus wie Angelina Jolie."

„Nur, dass ich nicht so viel Geld habe!"

Dieses Mal fingen wir beide an zu lachen, und dann hielten wir inne, als ob wir versuchten, die nächsten Worte zu finden, aber wir starrten einander wie gebannt in die Augen. Und zwar so heftig, dass die Erinnerungen an unser kleines Stelldichein uns zum ersten Mal, seit es passiert war, wieder ins Gedächtnis kamen. Es erinnerte mich daran, was geschehen war, als wir uns das letzte Mal auf diese Weise angesehen hatten. Sie war wie eine Droge für mich. Eine, nach der ich von Anfang an süchtig war.

„Olivia, kommst du? Oh entschuldige, ich wusste nicht, dass du hier bist, Ross. Ich dachte, du wärst schon beim Restaurant."

Ich schüttelte den Kopf. „Ist schon in Ordnung, Jenna. Olivia ist bereit zu gehen. Ich komme auch gleich. Ich muss nur noch einen Bericht fertigstellen, dann bin ich bereit fürs Wochenende."

„Mein Gott, du arbeitest wirklich zu hart", entgegnete Olivia bevor sie zu Jenna ging. Olivia hatte sich sofort nicht nur mit den anderen Sekretärinnen, sondern auch mit den Kundenbetreuern gut verstanden, was erstaunlich war. Sie sprachen normalerweise mit niemandem, denn sie hatten diese Einstellung, dass wir ohne sie alle arbeitslos wären. Sie hatten eine Arroganz, die selbst ich an einem guten Tag nicht ertragen konnte. Doch Olivia hatte sich gut eingelebt und sagte, dass sie alle Menschen seien. Sie behandelten sie mit Respekt, denn sie war nicht wirklich eine Assistentin. Wenn sie nämlich geglaubt hätten, sie sei nicht mehr als eine Assistentin ohne Harvard-Abschluss, war ich mir sicher, dass sie sich nicht um sie scheren würden. Wie dem auch sei, es war schön, sie glücklich zu sehen, und auf irgendeine seltsame Weise machte mich das auch glücklich.

***

Alle tranken übermäßig viel und nutzten meine Großzügigkeit aus. Alec musste früh gehen, aber ich stellte fest, dass ich, sobald er weg war, niemandem mehr viel zu sagen hatte. Der ganze Sinn, mit der gesamten

Abteilung auszugehen, lag nicht darin, dass sie über die Arbeit reden sollten. Wenn ich das gewollt hätte, dann hätte ich eine Flasche Wein in die Küche gestellt und jedem angeboten, ein Glas zu trinken. Wenn überhaupt, dann bewies mir das nur, dass ich nicht der einzige Langweilige im Büro war. Sie sprachen nur über Leute im Büro, die in der Vergangenheit fortgegangen waren, oder über Kunden.

Langweilig!

Dann wiederum begann jemand über Scarlett zu sprechen, und da wusste ich, dass es mein Stichwort war, zu gehen. Ich war nicht interessiert, denn ich ließ sie an der Bar stehen und ging auf Olivia zu, wobei ich flüsterte: „Lass uns schnell von hier verschwinden."

Ich brauchte sie nicht zweimal zu fragen, als sie vom Barhocker rutschte und meine Hand nahm. Ich war fertig mit dem Verstellen. Ich wollte sie; nicht nur einmal, sondern für den Rest der Nacht. Es war mir egal, ob andere uns bemerkten und sahen. Die meisten von ihnen hatten uns am Dienstag in meinem Büro gehört, und sie wussten, dass wir mehr als nur eine Arbeitsbeziehung hatten.

„Das wird ordentlich für Tratsch sorgen!"

Ich lachte: „Sollen sie doch reden."

Dann hätten sie wenigstens interessanten Gesprächsstoff. Ich glitt durch die Menge, ermutigte sie dazu, zu trinken und sich zu amüsieren, während ich die ganze Zeit über Olivias Hand fest in der meinen hielt. Ein paar der Leute waren schon betrunken und begannen zu singen: „Ross, der beste Chef der Welt."

Ich schüttelte den Kopf und sagte: „Der ärmste Chef der Welt."

Olivia tätschelte mir mit ihrer freien Hand den Rücken und entgegnete: „Hör schon auf!"

Ich beklagte mich wieder einmal über die dicke fette Rechnung am Ende von all dem. Ich hatte meine Kreditkartendaten hinterlassen, kurz bevor ich mich zu einem schnellen Abgang entschlossen hatte, und die Rechnung war schon weit über einen Riesen. Ich wusste, dass es am Ende des Abends mindestens viermal so viel sein würde, und zwar wenn ich Glück hatte. Die Bar bot eine gute Auswahl an Speisen und Getränken für alle an, und ich beschloss, dass ich meine Eltern hierher ausführen würde. Ihnen hat ihre letzte Kreuzfahrt in Europa gefallen, und sie hatten in Griechenland haltgemacht und erklärten, dass sie gerne dorthin zurückkehren würden.

Ich fühlte mich sofort erleichtert, als wir ins Auto stiegen. Ich hatte meinem Fahrer gesimst, er solle auf uns warten. Ich wusste, dass ich heute Abend auf keinen Fall fahren würde, und ich hatte ihm bereits vor fast einer Stunde geschrieben, er solle auf Abruf bereitstehen. Ich war ein wenig überrascht, dass ich so lange geblieben war. Ich hatte gedacht, dass ich in dem Moment, in dem Alec um zehn Uhr gegangen war, ebenfalls abhauen würde, aber er hatte mir geraten, Kontakte zu pflegen. Ich folgte seinem Rat und blieb eine Weile, und so sehr ich die Gespräche von der Arbeit und allen, die mit dem Büro zu tun hatten, wegzulenken versuchte, irgendwer schaffte es doch immer, darauf zurückzukommen.

Ich sprach über Gordon Ramsey und wie sehr ich seine Restaurants liebte und sogar seine Masterclass ausprobiert hatte, und dann erzählte Bianca von der Zeit, als eine Gruppe von ihnen einem Kochclub beitrat und einige ihrer Gerichte ins Büro brachte, und das war es dann. Wir waren gleich wieder im Büro. Danach habe ich einfach aufgegeben. Vor allem, als Scarletts Name erwähnt wurde, was mich daran erinnerte, dass ich wieder zwanzig Nachrichten auf meinem Telefon löschen musste.

Gibt sie denn niemals auf!

Sobald die Türen geschlossen waren und Olivia und ich hinten im Auto saßen, sagte ich Wilson, meinem Fahrer, er solle uns zu meinem Penthouse bringen. Olivia erhob keinen Einwand, und ich wusste, dass sie genauso sehr mit mir zusammen sein wollte, wie ich mit ihr, also schob ich meine Hand zwischen ihre glatten Knie.

„Du trägst keine Unterwäsche?"

Sie lachte: „Damit du sie runterreißen kannst, wie beim letzten Mal?"

Das Wissen, dass sie ohne Höschen in der Bar gewesen war – und dass mich nichts davon abgehalten hätte, sie jederzeit zu nehmen – verwandelte mich in eine Art Neandertaler, als ich begann, die Innenseite ihres Oberschenkels zu streicheln. Ich wollte sie nackt sehen, bereit für mich, mit gespreizten Beinen unter mir.

„Du bist schon wieder so verdammt feucht", knurrte ich ihr ins Ohr.

Sie lächelte, als sie näher zu mir kam, praktisch nackt auf dem Rücksitz. Genau so, wie ich sie mochte. Es gab nichts, was sexyer war, als sie nackt und bereit für mich zu sehen.

Sie war so weich. Ich begann, meine Jacke auszuziehen, und hatte nur noch sie im Kopf.

Ich wollte mir Zeit lassen. Ich wusste, dass ich im Begriff war, die Kontrolle zu verlieren, wie damals im Büro. Ich ließ einen meiner Finger an ihren Schamlippen vorbei in sie gleiten. Sie begann, ihre Hüften hin und her zu reiben, was mich zwang, tiefer in sie einzudringen. Ein weiterer Finger gesellte sich zu dem ersten und sie schnurrte: „Warum nimmst du nicht stattdessen deinen Schwanz?"

„Fuck, es gefällt mir, wenn du verdorbene Dinge sagst. Was soll ich mit dir anstellen?"

„Fick mich."

„Wie?" Ich zog eine Augenbraue hoch und fragte mich, um was sie mich als nächstes bitten würde.

„Hart!"

Ich ließ einen weiteren Finger in ihre Muschi gleiten, doch diesmal beugte ich die Finger ein wenig, änderte meine Position und legte meinen Daumen auf ihre Klitoris. Dann fing ich mit dem Finger an, ihren G-Punkt zu streicheln, was sie ganz verrückt machte.

Sie wand sich auf dem Sitz, doch ich wollte, dass sie stillhielt.

„Ross, hör nicht auf!"

Ich streichelte sie immer weiter und genoss wie feucht sie war. Ich hörte das Stöhnen, das sich in ein leises Schnurren verwandelte, je mehr ich sie streichelte.

Ich lehnte mich näher an sie heran und fühlte ihren Atem; sie war so nah an meinem Gesicht. Ich liebte den Geruch ihres Verlangens, der den hinteren Teil der Limousine erfüllte. Ich beugte meinen Kopf nach unten und begann, sie zu kosten. Genau wie ich es im Büro tun wollte. Sie lag flach auf dem Rücksitz meines Autos, und ich leckte ihre Muschi aus wie eine Schale Eiscreme.

Ich achtete darauf, dass kein Randbereich unberührt blieb, während ich ihren Geschmack genoss. Als sie ihre Finger in mein Haar krallte und nachdrücklich daran zerrte, liebkoste ich mit meiner Zunge ihre Klitoris. Sie pulsierte, als meine Zunge über ihre geschwollene Knospe streichelte.

Ihr Atem wurde jedes Mal, wenn ich sie leckte, lauter. Ich hielt ihre Beine fest und hielt sie in Position, während ich tiefer in sie eindrang, um das Feuer in ihr zu schüren. Ich wusste, dass sie bereit war zu kommen und dass ich ihr die Mutter aller Orgasmen schenken würde.

Ich begann, sanft an ihren Schamlippen zu saugen, und dann streichelte ich sie mit meiner Zunge. Ihre Haut war dort so verdammt weich, wie ein Ballen Seidentuch. Ich war sanft zu ihr. Ich spürte, dass sie ganz nah war, als sie zu zittern begann, und sich ihr Körper verzweifelt wand.

„Ich komme!", stöhnte sie und begann komplett die Kontrolle zu verlieren. Jetzt wusste ich, dass es kein Zurück mehr gab. Also leckte ich sie stärker und machte ihren Orgasmus so zu meinem. Je härter sie kam, umso mehr wollte ich, dass es länger dauerte.

Ich gab ihr keine Verschnaufpause, sondern zog sie hoch und positionierte ihren blanken Hintern auf meinem Schoß, während ich auf dem Sitz saß.

„Ich muss mich kurz erholen", flüsterte sie, doch ich ignorierte ihre Bitte. Sie dachte, dass ich sie erneut nehmen wollte. Ein Teil von mir war ein wenig sauer, weil sie schon so früh gekommen war. Ich wollte, dass sie kam, aber nicht bevor ich dazu bereit war, dass sie kam.

„Ich habe dir nicht erlaubt, einen Orgasmus zu haben."

Sie war verwirrt und versuchte, sich aufzurichten, doch ich hielt sie fest. Und dann verpasste ich ihr einen heftigen kleinen Schlag auf die linke Hinterbacke.

Ich war davon ausgegangen, dass sie protestieren würde. Stattdessen hörte sie auf nervös zu sein, entspannte ihren Po und kicherte kurz.

„Das hat dir gefallen, nicht wahr?"

Sie nickte. „Fast ein bisschen zu sehr."

„Ich will, dass du weißt, dass das jetzt jedes Mal passiert, wenn du zum Orgasmus kommst, ohne dass ich es dir erlaubt habe."

Sie antwortete nicht sofort.

„Hast du mich verstanden?"

Sie nickte, aber ich wollte, dass sie sprach. Bevor ich sie daran erinnern musste, flüsterte sie: „Ja."

Ich drehte sie um und legte sie auf meinen Schoß, und dann gab ich ihr noch einmal einen schnellen Klaps auf den Hintern. Im gedämpften Licht am Heck der Limousine sah ich, dass mein Handabdruck auf ihrem Hintern zurückblieb. Sie waren wie kleine rosa Striemen auf ihrer Haut. Es gab so vieles, was ich mit ihr anstellen wollte.

„Willst du noch mehr?", knurrte ich und es fiel mir schwer, sie nicht auf der Stelle zu nehmen.

„Mehr!"

Sie bettelte, also konzentrierte ich mich wieder auf ihre Klitoris, aber diesmal benutzte ich meine Finger, da ich eine Erlösung brauchte. Eine, die nur sie mir geben konnte. Ich hatte kein Kondom bei mir, aber zu Hause hatte ich genug.

Gerade konnte ich nicht mehr tun, als sie bis dahin zu beglücken. Es dauerte nicht lange, bis sich ihre Stimme wieder änderte, als ein weiterer Orgasmus durch sie hindurchging. Ich liebte es, ihren Körper zittern zu sehen, während ich jedes Gramm Lust aus ihr herausmelkte. Ich hätte sie den ganzen Tag lang beobachten können.

Sie keuchte, als ich sie zu mir umwandte. „Das war unglaublich."

Sie saß auf meinem Schwanz und es tat verdammt weh. Ich hätte sie am liebsten sofort gevögelt, und ich wusste, dass ihr das klar war, als sie begann, mich zu reiten.

„Mach das nicht. Ich habe keine Kondome dabei", sagte ich ein wenig traurig, weil ich so gerne in ihr gewesen wäre.

Sie strich mit ihren Lippen über meine und biss mir dann in die Unterlippe. Mein Schwanz war zum Platzen gespannt.

„Ich könnte dafür sorgen, dass du anders kommst."

Verdammt, wollte sie mir etwa einen blasen?

Ich dachte an ihre Lippen, als sie sich zwischen meinen Beinen nach unten beugte. Dazu brauchte sie keine Erlaubnis. Dann griff sie gierig nach meiner Gürtelschnalle. Ich spreizte meine Beine weit, schloss die Augen und dachte daran, wie sie sich darauf vorbereitete, meinen Schwanz zu lutschen.

Ich hätte sofort kommen können.

Sie machte mich so verdammt an, als sie langsam nach meinem Schwanz griff und ihn befreite. Ich stieß ein Stöhnen aus, als ihre Finger zart den Weg um meinen Ständer fanden.

„Fuck!", knurrte ich, als sie langsam begann, mir einen runterzuholen.

Ich sah zu ihr hinab und sie sagte mit verdorbenem Lächeln: „Keine Angst, ich beiße nicht."

Selbst wenn sie es getan hätte, hätte es mich nicht gestört. Sie lehnte sich näher heran und ihr Mund war nur einen Bruchteil davon entfernt, sich um meinen Schwanz zu schließen. Ich konnte ihren Atem an meiner Haut spüren, als sie sich mit feuchten Lippen an die Arbeit machte.

Zuerst zog Olivia meine Eichel zwischen ihre Zähne und biss sanft hinein, und ich war kurz davor, die Beherrschung zu verlieren, als ich langsam in ihren Mund glitt. Er war so verdammt warm und feucht. Ich glaube, das war der beste Blowjob, den ich je bekommen habe, und sie hatte gerade erst angefangen.

Sie nahm ihren Rhythmus auf, und ging vom Lecken dazu über, mich tiefer in den Mund zu nehmen. Fast ein Drittel meines dicken, fetten Schwanzes steckte in ihrem Mund. Ich musste meine Augen öffnen, um zu sehen, ob sie es wirklich tat oder ob es nur meine Einbildung war.

Und als ich nach unten schaute, konnte ich sehen, wie ihr Kopf auf und ab wippte, als ihre Zunge begann, die Unterseite meines Schafts zu bearbeiten. Sie hielt und streichelte ihn so zart, dass es sich wie eine Art exquisite Folter anfühlte.

Ich würde nie wieder in der Limousine fahren können, ohne mich daran zu erinnern, wie verdammt heiß sie in diesem Moment aussah. Sie war auf allen vieren und blies mir einen, als gäbe es kein Morgen. Sie fing an, meine Eier mit der Hand zu liebkosen, und zwar im gleichen Rhythmus wie dem ihres Mundes.

Sie schickte Wellen verdammter Lust durch mich hindurch, die mir das Gefühl gaben, als würde ich gleich explodieren, aber ich wusste, dass sie sich verdammt gut amüsierte. Anstatt sich zurückzuziehen oder sich auch nur Zeit zu lassen, erforschte sie meinen Schwanz noch mehr. Sie fing an, an der Basis meines Schafts zu arbeiten, und nun wurde bei jeder Bewegung über meine ganze Länge gestreichelt. Ich fühlte mich ein wenig benommen.

„Verdammt, ich bin so nah dran zu kommen!"

Das ermutigte sie irgendwie, schneller zu machen, während sie an meiner angeschwollenen Eichel saugte. Sie ruckte mit dem Kopf auf und ab, während ihre Zunge die empfindlichen Nerven liebkoste.

Ich war kurz davor zu explodieren, verdammt!

Ich brüllte, als wäre ich der verdammte König des Dschungels, und griff nach ihrem Hinterkopf. Ich wollte nicht, dass sie aufhörte, sondern dass ich so weit ging, dass es kein Zurück mehr gab. Ich hielt sie so fest, aber sie fand einen Weg, sich zu bewegen, und sie ging so verdammt schnell hin und her.

Ich explodierte in ihrem Mund. Ich konnte sie nicht einmal warnen, verdammt! Es passierte einfach so schnell.

Als ich endlich wieder klar denken konnte, hörte ich die Sprechanlage, und da wurde mir klar, dass wir angehalten hatten. Ich weiß nicht einmal, wie lange wir schon in meiner Garage waren, aber ich antwortete dem Fahrer.

„Ja?"

„Wir sind angekommen, Sir."

Verdammt, das stimmte allerdings!

Ich suchte nach etwas, um mir das Sperma abzuwischen, doch dann sah ich, wie Olivia den Kopf in den Nacken legte und ich glaube, dass sie die ganze Ladung abbekommen hatte.

„Hast du es geschluckt?", fragte ich sie, während sie sich keuchend neben mich in die Limousine setzte.

„Das war wirklich wahnsinnig viel."

Darauf hätte ich wetten können. Unglaublich, dass sie tatsächlich alles geschluckt hatte. Ich blickte auf den Rücksitz. Ihre Schuhe, meine Krawatte und mein Jackett lagen auf dem Boden herum.

„Ich dachte, du wolltest mich zu Hause absetzen?", fragte sie.

Ich lachte, denn als ich Wilson gebeten hatte, uns bei meinem Penthouse abzusetzen, hatte sie keinerlei Einspruch erhoben. „Du wolltest doch aus der Bar raus. Was dachtest du denn, was das bedeutet? Außerdem habe ich deine Adresse überhaupt nicht. Und ich bin auch noch längst nicht mit dir fertig."

Sie lächelte: „Wird es eine lange Nacht werden?"

„So lang, dass du am Montagmorgen nicht gerade an deinem Tisch sitzen kannst."

„Ist das ein Versprechen?", fragte sie mit leuchtenden Augen.

Ich zwinkerte ihr zu: „Allerdings, und zwar eins, das ich zu halten gedenke."

Scheiße, sie war wie keine andere, mit der ich je zusammen war. Die meisten Frauen hätten um eine Pause gebettelt oder mir gesagt, dass sie es nicht mehr aushalten können. Sie aber nicht. Sie war eine Frau. Eine reife Frau, die es liebte, zu experimentieren. Sie war genau das, verdammt, was mir gefiel und was ich in meinem Leben wirklich brauchte.

Ich frage mich, ob sie weiterhin meine Sekretärin sein kann, wenn ich sie nicht nur tagsüber, sondern vor allem auch nachts haben wollte.

Als sie aus der Limousine sprang und wir zum Aufzug gingen, dachte ich an Alec und seine Worte zurück. Wenn das Liebe auf den ersten Blick ist, dann habe ich verdammt viel verpasst!

***

Seit ich die Bar am Freitag verlassen hatte, hatte ich sie nicht mehr aus den Augen gelassen. Sie bestand darauf, am nächsten Tag in ihre Wohnung zurückzugehen, und wir landeten wieder in meinem Bett. Sie wollte ein paar Kleider von zu Hause holen, aber sie brauchte das ganze Wochenende keine Kleider. Sobald sie ihr Kleid wieder angezogen hatte, zog ich es ihr sofort wieder aus. Wir hatten geduscht, gegessen, gebadet, geredet und gevögelt. Ich war erschöpft und konnte immer noch nicht genug von ihr bekommen.

Gestern Abend setzte ich sie zu Hause ab, und sie führte mich ein wenig herum, und als ich dann ihr Bett sah und ihren Duft auf ihren Kissen roch, musste ich sie noch einmal haben.

Ich weckte sie auf. „Olivia. Olivia."

Sie war noch völlig weg. Verdammt, diese Frau konnte schlafen.

„Du wirst es nicht glauben."

„Was ist denn, Ross?"

„Wir haben den Deal gemacht."

„Wirklich?"

„Ja, wir haben es verdammt noch mal geschafft."

Sie lachte, während ich ihr das Haar aus dem Gesicht strich und sie sanft küsste.

„Pssst, sonst hören dich noch Mom und Tante Veronica. Außerdem musst du nach Hause gehen, damit du dich fürs Büro morgen fertig machen kannst."

„Wow, du hast wirklich jegliches Zeitgefühl verloren. Es ist nämlich Montag und bereits zehn Uhr, fast elf", erklärte ich und versuchte, auf meine Uhr zu schauen. Ich konnte kaum klar sehen, so müde war ich.

Dann sprang sie aus dem Bett und begann Panik zu bekommen, weil sie zu spät zur Arbeit kommen würde.

„Wir müssen schnell ins Büro. Wir sind schon viel zu spät und es sieht nicht gut aus, wenn keiner von uns beiden zur Arbeit kommt."

Ich legte das Kissen hinter meinen Rücken und dachte über die Zeiten nach, in denen ich darauf bestanden hatte, um acht oder sogar noch früher im Büro zu sein. Ich sah eine

E-Mail auf meinem Telefon, aber zum ersten Mal seit langer Zeit hatte ich nicht das Bedürfnis, mich zu beeilen.

„Willst du dich vielleicht mal fertig machen?", fragte sie, als sie sah, dass ich einfach dalag und sie anstarrte.

„Nein."

Ich verschränkte die Arme vor der Brust und da klopfte es an der Tür.

Sie hatte ihr Kleid halb angezogen und eilte dann zur Tür. „Pst", sagte sie zu mir und ich zog nur eine Augenbraue hoch. Schließlich war sie fünfunddreißig, nicht fünfzehn. Sie benahm sich wie ein Teenager, den man auf frischer Tat ertappt hatte, wie er Sex im Haus seiner Eltern hatte. Sicher, es war das Haus ihrer Mutter, aber sie war nicht gerade ein Teenager.

„Tante Veronica, was ist los?"

„Woher wusstest du, dass ich es bin?"

„Ich habe geraten", seufzte Olivia und sorgte dafür, dass nur ihr Kopf aus der Tür hervorschaute. Wäre es irgendeine andere Frau gewesen, wäre ich gegangen und hätte sie nicht mehr wiedersehen wollen, aber dies war anders. Ich wusste, dass Olivia und ich eine Zukunft hatten, und so kroch ich aus dem Bett und griff mir meine Hose.

Olivia hielt die Tür fest, um ihre Tante davon abzuhalten, hereinzukommen, aber ihre Tante versuchte natürlich trotzdem, sie zu öffnen. Sie fingen an, sich um die Tür zu streiten. Ich hätte mein Hemd anziehen sollen, aber ich konnte am Gesicht ihrer Tante erkennen, dass sie den Anblick genoss.

„Ich dachte, ich hätte da drin noch jemanden gehört", sagte sie und es gelang ihr, sich an Olivia vorbeizudrängeln und damit gewann sie den Kampf, einzutreten.

„Hi, ich bin Ross Hamilton, und sie sind Tante Veronica, die Olivia hilft", stellte ich fest, während ich mit nacktem Oberkörper dastand, bereit, ihr die Hand zu schütteln.

Sie lachte unkontrolliert, als sie anfing, mit meinem Oberkörper zu reden, ohne mir in die Augen zu blicken. „Ich helfe ihr nicht, sondern verbringe einfach nur ein wenig Zeit mit meiner Schwester. Das habe ich früher auch gelegentlich getan, aber dann wollte Olivia alles alleine erledigen. Sie ist ein bisschen ein Kontrollfreak, musst du wissen." Sie schüttelte mit ihren pummeligen Händen meine Hände. Olivia brachte sie wieder auf den Boden der Tatsachen zurück, indem sie sich räusperte, nachdem es ihr gelungen war, ihr Kleid richtig anzuziehen, und versuchte, ihre Tante zum Gehen zu bewegen.

„Hätte ich gewusst, dass du nicht alleine da bist, hätte ich ..."

Doch bevor Tante Veronica ihren Satz beenden konnte, erklärte Olivia nervös: „Wir müssen unbedingt ins Büro."

„Oh, mir wird gerade klar, dass es sich um DEN Ross Hamilton handeln muss, deinen Chef."

Olivia wurde ganz rot, als sie versuchte, ihr Kleid zu richten. „Wo ist Mom?"

„Sie macht ein Nickerchen."

„Um diese Uhrzeit? Das bedeutet, dass sie noch gar nicht aufgewacht ist."

„Oh nein, manchmal bekommen wir sie nicht vor zwölf Uhr zu Gesicht. Manchmal schläft sie eben gerne lange, außer dienstags. Da haben wir Yoga", erklärte Tante Veronica, die zwar die ganze Zeit mit Olivia sprach, dabei aber meinen Oberkörper anstarrte. Schließlich fand ich mein Polo-Shirt auf einem Stuhl in der Ecke des Zimmers, also ließ ich die beiden reden und zog es an.

„Yoga?"

„Ja, das liebt sie. Sie behauptet, es würde ihr dabei helfen, ihren Geist zu entspannen."

Ich fühlte mich wie in einem Tennisspiel, als meine Augen von einer zur anderen schweiften. Es war klar, dass Tante Veronica glücklich war, und Olivia war weit davon entfernt, als sie anfing, immer roter zu werden und ihre Fäuste zu ballen. Ich nahm Olivias Hand und sagte: „Tante Veronica, es war schön sie kennenzulernen. Ich hätte gerne auch ihre Mutter kennengelernt, aber leider müssen wir jetzt ins Büro."

Bevor Olivia dich umbringt!

„Oh", seufzte sie. „Das ist wirklich schade. Es gibt da eine Serie, die Ihnen sicher gefallen würde."

Ich hatte ein hinterhältiges Lächeln im Gesicht, und ich wusste genau, was sie sagen würde.

„*Billionaires*. Sie würden es lieben."

„Das läuft auf Netflix, richtig?"

„Ja", ihre Wangen wurden rot und sie sah aus, als wolle sie meine Hand aus Olivias schlagen, als ich sagte, „das klingt toll. Wie wäre es mit Freitagabend. Ich komme rüber. Ich, sie und *Billionaires*. Ist das eine Verabredung?"

Sie eilte herbei und versuchte, mich zu packen. Zuerst wehrte ich mich aus Angst, aber dann ließ ich Olivias Hand los und versuchte, ihrer Tante zu entkommen, die versuchte, sich mir zu nähern. Ich dachte, sie versuchte, mich zu umarmen, aber dann wurde mir klar, dass sie nur versuchte, meinen Körper zu spüren.

Olivia schüttelte sie von mir ab.

„Komm schon, der Körper dieses Mannes ist einfach perfekt. Frauen meines Alters sehen solche Körper nur im Fernsehen."

Olivia nickte: „Ich bin mir sicher, dass du das im Fernsehen anschaust."

Tante Veronica lächelte. „Jedenfalls ist es schön, den Mann kennenzulernen, der meine Nichte zum Lächeln bringt."

Ich verbeugte mich vor ihr und dachte über das nach, was sie gerade gesagt hatte; das war alles neu für mich. Ich war nicht die Art von Mann, die sich mit den Eltern von jemandem trifft, geschweige denn, Verabredungen zu machen, um mit ihnen an einem Freitagabend mit ihnen die Sendung *Billionaires* zu schauen.

***

Wir schafften es heil aus ihrem Zimmer zu entkommen und gingen zum Badezimmer, doch dann entschied ich mich, dass ich ins Penthouse zurückkehren müsste, um mich frisch zu machen, und Olivia auch. Sie ging mit mir zur Tür und sah mit einem wunderschönen Lächeln zu mir hoch.

„Hast du wirklich vor, Freitag zu kommen und die Sendung mit ihr zu schauen?"

Ich nickte: „Ich will alles über dich erfahren, und zwar nicht nur im Schlafzimmer. Ich möchte Teil deines Lebens werden."

„Wow." Olivia lächelte und küsste mich auf den Mund.

Und meine Worte überraschten nicht nur sie, sondern auch mich selbst, dachte ich, als ich mich dazu entschloss, sie nachher wieder abzuholen, damit wir zusammen ins Büro gehen konnten.

„Sei in einer halben Stunde fertig. Ich sorge dafür, dass Wilson kommt und dich auf dem Weg ins Büro abholt."

Sie lächelte: „Aber dein Fahrer muss mich doch nicht abholen."

Ich nickte: "Das weiß ich, aber ich möchte, dass wir zusammen fahren."

„Tust du das?"

Ich lächelte. „Ja, das tue ich tatsächlich."

***

Der Tag verging wie im Flug, aber Olivia wollte nach Hause zurückkehren und nach ihrer Mutter sehen. Sie sagte, dass sie schon zu lange von ihr getrennt gewesen sei, auch wenn es nur ein paar Tage waren. Als sie mir das erzählte, war ich zunächst enttäuscht, dass ich heute Abend allein sein würde. Normalerweise machte mir das nichts aus, aber heute Abend schon. Ich beschloss, Alec auf einen Drink einzuladen. Etwas, was wir normalerweise an einem Donnerstag- oder sogar Freitagabend taten. Heute Abend war ich noch nicht bereit, nach dem Büro nach Hause zu gehen. Es störte mich, allein zu sein, jetzt, da dieses neue Kapitel in meinem Leben begann.

Ich hatte eine Frau getroffen, die meine Leidenschaft entzündet hatte, die ich nicht mehr gehen lassen wollte, und meine Firma würde bald mit einer größeren fusioniert werden. Ich müsste nicht mehr so viel arbeiten wie sonst, und ich hatte keine Ahnung, was ich stattdessen tun sollte.

„Willst du das wirklich tun?", fragte Alec erneut, während wir an der kleinen Theke in meinem Büro standen.

„Du musst aufhören, mich das zu fragen. Olivia ist draußen und sie wird dich hören", erklärte ich ihm.

„Ich weiß, aber du verabredest dich *nie*."

Ich lachte aufgrund dieser Behauptung, denn in den letzten paar Tagen hatte ich ausgesprochen viele Dinge getan, die ich *nie* tat.

„Ja, und *Billionaires* schaue ich normalerweise auch nicht", log ich und dachte an meine Verabredung mit Tante Veronica am Freitagabend. Andererseits habe ich mir die Rezensionen der Sendung angesehen, und die sah gut aus, aber das würde ich Alec nicht sagen. Er war mein bester Freund, nicht meine Mutter. Ich brauchte ihm nicht alles zu erzählen!

„Meinst du die Fernsehsendung? Die liebe ich. Der Typ erinnert mich an dich", erklärte er seufzend. „Als Nächstes begleitest du mich noch zu *Fifty Shades*-Events."

Wir sahen einander an und brachen dann in Gelächter aus. Olivia kam herein. „Worüber lacht ihr beiden denn?"

Ich winkte ab. „Oh gar nichts. Bist du fertig?"

Sie lächelte. „Ja, bis morgen, ihr beiden."

Ich nickte und hatte das Gefühl, dass es noch ewig bis morgen dauern würde. Ich stimmte zu, und Alec lachte und seufzte, während er sich gleichzeitig über mich lustig machte. Wir würden gleich zur Bar gehen.

Ich warf einen Blick auf meinen Schreibtisch, als sie aus dem Büro ging. Ich brauchte einen neuen Mac. Es schien, dass ich meine Lektion nicht gelernt hatte, als ich den letzten fallen ließ. Ich hatte Olivia noch einmal auf meinem Schreibtisch gevögelt und hatte dabei den neuen fallen gelassen. Ich musste wirklich damit aufhören.

Kapitel Zwölf
Ross

In den letzten Wochen hatte das gemeinsame Fernsehen mit Tante Veronica immer Freitagabend und mit Olivia fast jeden Abend alles, was in meinem Leben kompliziert war, einfach gemacht. Ich fühlte mich nicht frustriert, wenn ich nicht bei Olivia war. Stattdessen hatte ich angefangen zu überlegen, was ich tun sollte, wenn die Übernahme stattfand.

Ich würde dreißig Stunden pro Woche arbeiten, etwas, das ich seit dem College nicht mehr getan hatte. Selbst damals hatte ich nicht das Gefühl, übermäßig hart zu studieren. Ich schien eine natürliche Begabung für Zahlen zu haben. Ich nehme an, das lag in der Familie. Mein Vater arbeitete mit Hedge-Finanzierern zusammen, wie auch ein paar meiner Onkel. Wir arbeiten alle im Finanzbereich, und die Frauen in meiner Familie schienen das Recht zu lieben. Eine perfekte Kombination.

Es war Donnerstagabend, und wir wollten sowohl Alec als auch seine Frau Erika zum Abendessen treffen. Wir hatten ein Doppeldate, etwas, das ich so selten getan hatte, dass ich es an einer Hand abzählen konnte. Die letzten paar Male habe ich es getan, weil Erika beschlossen hatte, dass ich sesshaft werden musste. Sie hatte ein paar Blind Dates arrangiert und bedauerte, dass sie sich die Mühe gemacht hatte, als sie zu One-Night-Stands wurden. Alles solche Frauen, die ich nie mehr wiedersehen wollte. Am Ende hatten sie sich an ihrer Schulter ausgeweint, und Alec warnte mich, dass ich das nächste Mal, wenn Erika beschließt, mich einer ihrer Freundinnen vorzustellen, ablehnen sollte.

Ich tat es, und sie gab bald auf, als sie merkte, dass es für mich keine Hoffnung gab, jemals sesshaft zu werden. Aber, wie das Sprichwort sagt, sage niemals nie.

„Warten wir auf Erika?", fragte Olivia, die in mein Büro kam. Alec saß auf meinem Sofa und kümmerte sich um die letzten Kleinigkeiten, bevor wir das Büro verließen.

„Wir treffen uns direkt mit ihr im Restaurant. Das ist für sie leichter. Sie möchte erst noch alles für den Babysitter vorbereiten", meldete sich Alec zu Wort und sprach mit Olivia.

„Oh stimmt, ich hatte ganz vergessen, dass ihr Kinder habt."

Alec seufzte. „Fünf Stück. Wer zum Teufel hat heutzutage noch fünf Kinder? Allerdings könnte man meinen, wir hätten zwanzig, so wie sie sich aufführen."

Olivia erklärte: „So schlimm können sie doch gar nicht sein."

Alec gab ihr Recht. „Ja, ich übertreibe ein wenig, aber wir sind wegen dem, was passiert ist, eben ausgesprochen vorsichtig ..."

Dann herrschte eine unbehagliche Stille, während Olivia verwirrt aussah und Alecs Blick zu meinem huschte. Immer, wenn wir darüber sprachen, dass Erika ihr Baby verloren hatte, geschah dies, und ich wusste nicht, ob Alec ihre Tragödie teilen wollte, vor allem, weil Olivia Erika noch nicht einmal kennengelernt hatte. Erika machte etwas durch, etwas, das keine Frau jemals erleben sollte. Es war so verdammt herzzerreißend. Alec nahm sich eine Menge Zeit von der Arbeit frei, damit sie es gemeinsam durchstehen konnten. Im Nachhinein betrachtet war das mit ein Grund dafür, dass sie dem *Fifty Shades*-Club angehören, denn so konnten sie wieder zusammenkommen und ihre Tragödie bewältigen und gemeinsam eine Aktivität außerhalb des Hauses unternehmen.

„Okay, wir wollen sie nicht warten lassen", erklärte Olivia in dem Versuch, das Thema zu wechseln. Sie wusste zwar nicht, warum das unangenehme Schweigen entstanden war, aber ich würde es ihr vielleicht später erklären. Vielleicht auch nicht, denn es war eigentlich nicht meine Sache, es jemandem zu erzählen, selbst wenn Olivia und ich jetzt offiziell zusammen waren. Jedenfalls stimmte Alec zu, und sie ging zurück an ihren Schreibtisch, um ihre Handtasche zu holen. Alec loggte sich aus und beendete seine Arbeit, und ich tat dasselbe, als wir aufstanden und zum Aufzug gingen, bereit zu gehen.

Wir sprachen über die Fusion und was sie bedeuten würde, wobei wir den Teil über Olivias Weggang in weniger als zwei Wochen ausließen. Unsere Abmachung sah vor, dass sie sechs Wochen arbeiten sollte, und es war wie eine tickende Zeitbombe, denn die Wochen vergingen wie im Flug, und ich wusste, dass sie gehen musste. Ich war still, als sie beide redeten, denn ein Teil von mir dachte darüber nach, dass Olivia gehen würde, und selbst wenn sie als meine Sekretärin bleiben wollte, konnte ich das nicht zulassen.

Sie war zu talentiert für eine solche Rolle, und ich wäre kein guter Mann, wenn ich von ihr erwarten würde, dass sie in dieser Position bliebe. Selbst wenn sie die Dinge in so kurzer Zeit zum Guten gewendet hatte.

Das Restaurant war in der Nähe des Büros. Olivia ging zwischen uns beiden und sie lächelte die ganze Zeit. Ich fragte mich, ob ein Teil ihrer Aufregung darauf zurückzuführen war, dass sie in der Stadt unterwegs war, oder dass sie sich in guter Gesellschaft befand. Wie auch immer, es war schön zu hören, wie sie über ihre Mutter und die Fortschritte, die sie gemacht hat, sprach. Olivia gab zu, dass sie sich im Gegensatz zu früher nicht unwohl dabei fühlte, nicht die ganze Zeit an ihrer Seite zu sein.

„Olivia, ich glaube, du hast meinen Freund mit einem Zauber belegt."

Sie lachte. „Warum sagst du das?"

Ich wusste, dass er etwas sagen würde, das mich bereuen lassen würde, der Doppelverabredung zugestimmt zu haben. Ein paar verdammte Wochen, und ich schaute Shows und tat alles, woran ich in einer Million Jahren nie gedacht hätte.

Das Ganze hätte mich nerven müssen, mich dazu bringen sollen, mit ihr Schluss machen zu wollen, und mir das Bedürfnis geben sollen, frei zu sein. Vielleicht hatte Alec recht, und Olivia war eine Art Hexe und sie hatte mich mit einem Zauber belegt.

„Ich war so gut wie noch nie auf einer Doppelverabredung mit Ross, und dabei kenne ich ihn schon eine halbe Ewigkeit."

Olivia sah mich an, doch dann bot ihr Alec seinen Arm an, damit sie zusammen laufen und sich unterhalten konnten.

„Ich kenne ihn schon seit dem College, seit über fünfzehn Jahren."

Diesmal war ich derjenige, der lachte. „Ist das wirklich schon so lange her?"

Alec hielt inne. „Dafür, dass du der Geschäftsführer bist, bist du wirklich ziemlich schlecht in Mathe."

„Ich glaube nicht, dass Mathe das Problem ist, sondern einfach nur die Tatsache, dass er nicht wahrhaben möchte, wie alt er schon ist", stellte Olivia fest. Ich lächelte sie an. Sie hatte die Angewohnheit, Dinge zu sagen, die auch ein Mann sagen würde.

Während wir dahin gingen und uns die kühle Sommerbrise um die Nase wehte, wurde mir klar, dass es ein wunderbarer Abend für einen Spaziergang war, außerdem hatte ich Wilson freigegeben. Der Mann arbeitete viel zu hart und er brauchte eigentlich nicht ständig auf Abruf bereitzustehen.

Sie neckte: „Ich wette, ihr fantasiert heimlich darüber, euch eine Frau zu teilen."

Alec protestierte sofort: „Ich bin ein verheirateter Mann. Ich habe keine Fantasien."

Und wir alle lachten über die Vorstellung. Ich wusste, dass er auf jeden Fall Fantasien hatte, und ich hätte gewettet, dass er sie bei ihren Fifty-Shades-Treffen oder ihrem Gruppending, wie auch immer er es nannte, auslebte.

Sobald wir im Restaurant ankamen, sahen wir, dass Erika draußen wartete. Ich erwartete, dass sie drinnen war, nicht draußen. Sie schien ein wenig verstört, und ich fragte mich, ob es ihr gut ging.

„Was machst du denn hier draußen, mein Schatz?", fragte Alec und gab ihr einen Kuss auf die Wange.

„Ich sitze nicht gern alleine im Restaurant. Da warte ich lieber draußen."

Er küsste sie erneut und entgegnete: „Damit du rauchen kannst?"

Ich blickte über den Bürgersteig; sie musste die Zigarette wohl weggeworfen haben, als sie uns kommen sah, und sie hatte anscheinend wieder mit ihrer schlechten Angewohnheit angefangen. Diejenige, die Alec so sehr hasste. Ich erinnerte mich daran, dass er zweifelte, ob er mit ihr zusammen sein könne, weil sie rauchte. Er hasste es so sehr, aber er drängte sie nie dazu, aufzuhören. Wenn überhaupt, dann tat sie es von sich aus, weil er es so sehr hasste.

„Nur einen Abend. Komm schon." Sie zuckte mit den Achseln, und bevor Alec etwas erwidern konnte, ging Erika zu Olivia. „Du musst die Frau sein, die Ross mit ihrem Zauber belegt hat."

Wo hatte ich das nur schon mal gehört?

Olivia entgegnete: „Ich bin die Hexe des Ostens und habe deinen Freund mit einem Zauber belegt. Alec hat vor ein paar Minuten genau das Gleiche gesagt."

Wir lachten. Und da wurde mir klar, dass sie nicht nur wunderschön, sondern auch ausgesprochen witzig war. Ich steckte wirklich in Schwierigkeiten. Denn ich war dabei, mich in diese Frau zu verlieben, und es gab kein Zurück mehr. Und es hätte auch keine Rolle gespielt, wenn ich es tatsächlich hätte aufhalten wollen. Denn das konnte ich nicht.

Kapitel Dreizehn
Olivia

Erika und ich verstanden uns an jenem Abend im Restaurant augenblicklich gut miteinander. Und zwar so gut, dass wir uns in der folgenden Woche zum Kaffee verabredeten. Es war offensichtlich, dass Alec und Erika immer noch verliebt ineinander waren, obwohl sie fünf Kinder hatten. Dafür bewunderte ich die beiden. Ich hatte kaum Freunde. Und ich erklärte ihnen, dass sie alle verschwunden waren, nachdem meine Mom krank geworden war. Sie wollten nicht mit jemandem befreundet sein, der den ganzen Tag nur über die Demenz ihrer Mutter redete und nicht ausgehen wollte, nicht einmal auf einen Kaffee. Das hätte bedeutet, dass ich sie allein lassen musste, und ich hatte Angst davor, das zu tun.

Und Freunde einzuladen, das kam nicht in Frage. Ich hatte Angst, Mama könnte sie angreifen und Angst haben, dass Leute in ihrem Haus wären, die sie umbringen wollten. Das war schon ein paarmal passiert, und ich beschloss, dass es egoistisch von mir war, Freunde zu Besuch kommen zu lassen. Also hörte ich damit auf, und langsam, aber sicher hörten sie auf, sich bei mir zu melden.

Es gab eine Sache, die Ross allerdings nicht mehr bekommen würde, nämlich eine weitere hübsche, junge Sekretärin. Er hatte mir die Aufgabe übertragen, eine Sekretärin für ihn zu finden, und das war genau das, was ich tun wollte. Abgesehen davon, dass er Scarlett eine Abfindung dafür bezahlen musste, dass sie keine Klage wegen sexueller Belästigung gegen ihn eingereicht hatte, musste er es besser wissen, als wieder ein hübsches, junges Ding einzustellen. Eigentlich hatte ich keine Befürchtungen, was eine junge Sekretärin betraf, andererseits sollte ich die vielleicht besser haben, und das war mit ein Grund dafür, dass ich dafür sorgte, dass er nicht von einer weiteren Sekretärin in Versuchung geführt wurde.

Es fanden Vorstellungsgespräche statt, und ich sorgte dafür, dass im Internet und bei den Agenturen Mitteilungen über die Art von Kandidaten, die Ross brauchte, veröffentlicht wurden.

Ein Teil von mir fühlte sich schlecht, weil ich diese Entscheidung getroffen hatte. Ich liebte ihn, und unsere Beziehung musste auf Vertrauen aufgebaut werden.

„Vielleicht ist das doch keine so gute Idee, Erika. Schließlich muss ich Ross vertrauen können. Alle Beziehungen sollten auf einer Vertrauensbasis aufbauen und die Sache mit Ross und mir ist etwas Ernstes; wir sind offiziell zusammen, also sollte er es besser wissen, als einen Fehler aus der Vergangenheit zu wiederholen. Mit all den Sekretärinnen davor war er nicht in einer Beziehung. Zumindest nicht so wie jetzt."

Sie sah mich mit ihren dunklen Augen an, als wir Kaffee tranken, bevor ich nach oben gehen musste, um mit den Bewerbungsgesprächen zu beginnen. Wir saßen an einem Tisch in der Ecke von Starbucks und hofften, dass weder Ross noch Alec uns dort entdecken würden. Aus irgendeinem Grund wurden sie jedes Mal, wenn sie uns beide zusammen reden sahen, nervös. Ich war einfach froh, dass Erika nett war. Sie war ein bisschen dominant, aber ich fühlte mich wohl mit ihr, und außerdem war es schön, eine Freundin zu haben, etwas, das ich sehr vermisst habe.

„Vergiss es. Männer wollen kontrolliert werden, allerdings auf nicht allzu offensichtliche Art und Weise. Also sagst du ihm nicht, was er tun soll. Du tust einfach so, als wäre es seine Idee gewesen."

„Aber Alec beschwert sich ständig bei Ross über die Treffen des *Fifty Shades*-Clubs."

Sie nickte: „Ich weiß, das muss er tun, damit er vor Ross das Gesicht wahren kann. Er kann ihm nicht sagen, was tatsächlich los ist."

„Und das wäre?"

Erika lachte und entgegnete: „Beim ersten Mal war es meine Idee, zu dem *Fifty Shades*-Treffen zu gehen. Aber ich wollte nur an einer einzigen Veranstaltung teilnehmen. Danach war es jedes Mal Alec, der mich zu den Treffen mitschleifte." Sie seufzte, doch ich wollte mehr erfahren, denn sie hatte mich neugierig gemacht.

„Männer wollen Frauen kontrollieren."

Ich fand, dass sie ein wenig übertrieb, aber Ross war die erste richtige Beziehung, die ich je hatte. Ich war zwar mit Männern zusammen gewesen, aber immer mit dem Gedanken, dass meine Karriere die Nummer eins war und dass Liebe ein törichtes Spiel war.

„Hast du gerade behauptet …?"

Erika nickte. „Du musst ihnen das Gefühl geben, dass sie diejenigen sind, die dich kontrollieren. Und dann, wenn sie nicht aufpassen, spielst du das Opfer. Tu einfach so, als würde es dich traurig machen, wenn er bei deinen Plänen nicht mitmacht. Und wenn das nicht funktioniert, tu so, als würdest du ihn verlassen."

„Ist das nicht ein bisschen zu drastisch. Wir sind noch nicht so lange zusammen."

Sie lachte: „Wirklich? Also bist du nicht davon überzeugt, dass ihr eine Zukunft habt?"

Erika verschränkte die Arme und ich wurde nervös, während sie auf meine Antwort wartete.

„Ich würde gerne denken, dass wir eine Zukunft haben."

„Machst du dich über mich lustig. Ich sehe doch, wie du ihn ansiehst und wie er dich ansieht. Lass mich offen zu dir sein." Sie beugte sich über den Tisch zu mir. „Bevor du kamst, war Ross noch nicht mit einer richtigen Frau zusammen gewesen. Sicher, Mädchen und Gespielinnen; und ein paar Freundinnen, die ich ihm vorgestellt hatte, und er behandelte sie nicht gerade gut. Ich will nicht schlecht über ihn reden, aber er behandelte die Frauen, als ob sie nur dazu da wären, um seine Triebe zu befriedigen. Er hat sie gevögelt und sie verlassen, und ich weiß, dass er unter all dem ein sanfter Riese ist. Du solltest ihn mal mit meinen Kindern sehen. Alec erzählte mir, dass er sogar deine Mutter kennenlernen wollte. Komm schon! Ross wollte nie in einer Beziehung sein, geschweige denn die Eltern seiner Freundinnen kennenlernen."

Ich erinnerte mich daran, wie er gesagt hatte, er wolle Mom kennenlernen und wie ich mich dabei gefühlt habe. Aber dann hatte Tante Veronica darauf bestanden, dass sie beide sich *Billionaires* ansahen, und wieder einmal hatte Ross entschieden, dass jeder Freitagabend ihr *Billionaires*-Abend sei. Ross fand es urkomisch, wie sich Milliardäre im Fernsehen im Vergleich zum wirklichen Leben verhielten. Er wusste nicht, dass sie praktisch genau wie er waren.

„Ich weiß."

„Also kämpfe um ihn, Olivia, und kümmere dich um die älteren Damen und Herren, die sich für die Stelle bewerben und gib Ross einen von ihnen. Er hatte doch gesagt, du solltest jemanden einstellen." Sie zog eine Augenbraue hoch.

„Ja, aber er weiß nicht, dass seine neue Sekretärin über fünfzig sein wird."

„Oh, was ist schon eine kleine Überraschung hier und da, wenn man verliebt ist? Zieh dir irgendein sexy Kleid an, schenk ihm ein Glas Champagner ein und sag es ihm. Er wird zu bezaubert von dir sein, um dir überhaupt zuzuhören."

Ich lachte. „Genau wie ein paar der Bewerber."

Wir hoben beide unsere Tassen und stießen auf das „Outer Reach"-Programm an, das ich online für Menschen über fünfzig gefunden habe, denen es schwer fiel, eine neue Arbeit zu finden. Es war gegen das Gesetz, jemanden wegen seines Alters zu diskriminieren, aber angesichts steigender Steuern und Inflation mussten einige von ihnen wieder eine Arbeit finden. Das war schwierig, wenn man über fünfzig war. Ich hatte ein paar Damen und einen Mann, deren Lebensläufe perfekt aussahen. Ich hoffte nur, dass Ross es wie ich sehen würde.

Andererseits musste ich ihn, wie Erika höflich betont hatte, nur davon überzeugen, dass es seine Idee war.

Als ich in Ross' Büro zurückkam, warteten sie schon draußen. Ross und Alec sollten bei einer Art Golfturnier mit ein paar potenziellen Kunden sein; Ross wusste nicht, was er nach der Übernahme tun sollte, und er hatte beschlossen, dass er es vielleicht mal mit Golf als Hobby versuchen würde. Sie hätten schon gehen sollen, als ich mit Erika bei Starbucks war, aber Ross gelang es immer, mich überraschend zu besuchen. Ich fragte mich manchmal, ob er es tat, um mich zu kontrollieren.

Und wie vorherzusehen gewesen war, schlenderte er in sein Büro.

„Sind das meine potenziellen neuen Sekretärinnen?"

Ich nickte.

„Gut, ich hoffe, du findest den richtigen Kandidaten."

„Es macht dir nichts aus, dass ...", begann ich und wollte ihn auf ihr Alter hinweisen.

„Nein, genau wie guter Wein werden sie nur besser mit der Zeit. Das ist mir bei dir klar geworden." Und dann ging er wieder nach draußen. War das ein Kompliment oder eine Beleidigung?

Ich dachte daran, wie er mir zugezwinkert hatte und an die Geste, die er gemacht hatte, bevor er gegangen war. Ich entschloss, dass es sich um ein Kompliment handelte, und entschied mich gegen Erikas Vorschlag, mich sexy anzuziehen und ihn zu überraschen; denn das war nun nicht mehr nötig. Ross hatte überhaupt nichts gegen meine Idee einzuwenden.

Kapitel Vierzehn
Ross

Olivia und ich sind schon seit ein paar Monaten in einer festen Beziehung. Trotzdem konnte ich, verdammt noch mal, immer noch nicht glauben, dass ich bei dem mitmachte, was wir heute vorhatten. Ich versuchte, eine einigermaßen ernste, aber freundliche Miene aufzusetzen. Aber es war verdammt schwierig, vor allem, da mich Olivia die ganze Zeit anlächelte.

„Ross, falls du da nicht hingehen möchtest, dann können wir einfach wieder nach Hause fahren."

Ich hielt ihre Hand und dachte darüber nach, wie wir ständig und an allen x-beliebigen Orten Sex hatten, aber nun sollten wir darüber mit wildfremden Leuten reden? Ich hätte es mir verdammt noch mal anders überlegen sollen. Aber Alec und seine Frau waren hier sogar Stammgäste.

Wenn man vom Teufel spricht.

„Scheiße, ich kann gar nicht glauben, dass du gekommen bist", lachte Alec und klopfte mir auf den Rücken. „Olivia, du bist eine unglaubliche Frau."

Sie zwinkerte vielsagend zurück. Ich wünschte, dass die beiden mehr reden und sich weniger in Zeichensprache unterhalten würden. Erika ergriff Olivias Hand und sie gingen rein. Genau da rein, wohin ich eigentlich nicht gehen wollte.

„Wieso sollte ich es alleine über mich ergehen lassen?", sagte Alec, während er uns die Tür aufhielt.

„Weil du ein Feigling bist!", erinnerte ich ihn, als ich an ihm vorbeiging.

„Fick dich, Ross. Du hättest Olivia sagen können, dass du nicht mitkommen willst. Aber du hast nichts gesagt."

„Es sind hoffentlich noch andere nette Leute hier, sonst war ich verdammt noch mal das letzte Mal hier, ob es Olivia gefällt oder nicht."

„Das Gleiche habe ich am Anfang auch gesagt, aber jetzt sind wir jede verdammte Woche hier."

Als sich der Aufzug öffnete, sagte Erika grinsend: „So, wie die beiden sich beschweren, könnte man meinen, dass sie soeben dazu verdonnert wurden, den ganzen Haushalt alleine zu schmeißen. Es ist doch nur ein gemeinsamer Abend mit anderen Pärchen."

„Wir hätten auch in ein Restaurant gehen können", spottete ich.

„Das machen wir die ganze Zeit, Ross", lachte Olivia. In dem Moment fragte ich mich, ob es das ist, was Frauen mit einem machen, wenn man sich in sie verliebt. Sie übernehmen das Ruder und kontrollieren alles, sogar das letzte bisschen Vernunft.

Am Eingang ergriff Erika meine Hand und sagte: „Dir wird es gefallen. Alec hat sich anfänglich auch gesträubt und nun ist er es, der unbedingt hingehen will."

„Wie bitte?"

Das war aber nicht das, was er mir gesagt hat. Er behauptete, es sei genau andersrum.

Alec grinste mich verschlagen an, wie ein Schuljunge, der beim Spicken erwischt worden ist. Ich hätte es eigentlich wissen müssen.

Und als Olivia die Tür öffnete und mein Blick auf das verdammte Symbol fiel, seufzte ich so laut, dass allen klar war, dass ich gar nicht hier sein wollte, um keinen Preis.

Wir wurden von einer blonden Frau mit viel zu viel Make-up begrüßt und hineingeführt. „Es tut gut, auch mal ein paar Männer zu sehen."

„Was soll das heißen? Sind wir die Einzigen?"

Sie lächelte mich an, aber ihre Frage ging an Olivia. „Ist er zum ersten Mal hier?"

Sie nickte: „Ja, leider."

Hier bei uns im offiziellen Fifty Shades-Club werden alle gleich behandelt, egal, ob Mann oder Frau. Ich hoffe, das geht klar?"

Ich nickte, obwohl ich keine Ahnung hatte, was auf uns zukam.

Als sie dann die Tür öffnete und ich einen Blick durch den Raum schweifen ließ, musste ich unwillkürlich lachen. Ich kam mir vor, wie in einem Spiegelsaal, die Anwesenden waren fast alle Frauen. Der Raum war in verschiedene Bereiche unterteilt, einer für Sexspielzeug, andere für Buch- beziehungsweise Filmbesprechungen, und ganz hinten wurden Klamotten und sonstige Accessoires verkauft. Scheiße, ich wusste, dass ich Sex liebe, aber das war wie eine Sex-Party. Ich wusste ja nicht genau, was mich erwartete, aber eigentlich war es albern anzunehmen, dass es sich hier nicht um Sex, Sex und nochmals Sex drehen würde.

Aber eins war mir klar: Auch, wenn es mein erstes Mal war, werde ich verdammt noch mal dafür sorgen, dass es bei diesem einen Mal bleibt.

Ich packte Alecs Arm und drohte: „Ich bringe dich um, sobald wir hier raus sind."

Er lachte mich an und sagte: „Ich verwette meinen Kopf, dass auch du am Ende des Treffens begeistert sein wirst und dich gleich für nächste Woche anmeldest."

Nur über meine Leiche!

Und dann kamen mir noch die Sachen in den Sinn, die ich auf eBay ersteigert hatte. Olivia sagte ich, dass es eine Überraschung sei, als sie mich gefragt hatte, was in der Kiste ist. Vielleicht sollte ich heute Abend Olivia den Ritt ihres Lebens bescheren und dabei das Beste für zuletzt aufheben.

Epilog
Olivia

Ich habe noch etwa eine Woche Zeit, bis unser Baby kommt und ich bin vorläufig zurück nach Hause gezogen, mit Mom und Tante Veronica, weil die beiden nicht mit uns im Penthouse leben wollten. Mom fühlt sich zuhause immer noch am wohlsten. Ich kann es verstehen, dass sie nicht umziehen will, denn es war das letzte Haus, in dem sie mit Papa gewohnt hat und für sie ist es voller gemeinsamer Erinnerungen. Und da ist sie nicht die Einzige, wenn ich ehrlich bin. Ich vermisse ihn ständig. Ross hat ein Babybett gekauft und es in meinem alten Zimmer aufgebaut. Zuerst hat er sich darüber beklagt, nicht zuhause zu sein, aber dann verbrachte er schließlich doch mehr Zeit hier als im Penthouse.

„Wir haben ein Kindermädchen, dass dir mit allem helfen soll", beschwerte er sich einmal, aber stieß damit auf taube Ohren. Ich wollte doch kein Kind bekommen, nur um es dann wegzugeben. Nein, ich wollte bei jedem besonderen Moment dabei sein. Außerdem hatte ich meine Karriere schon so lange auf Eis gelegt, dass mir sowieso nicht danach war, wieder in den Beruf zurückzukehren, selbst wenn ich könnte.

Ich kann es immer noch nicht glauben, wie schnell sich die Dinge innerhalb kürzester Zeit geändert haben. Na gut, nicht innerhalb kürzester Zeit, aber in einem Jahr. Ich habe es geschafft, für Ross die bestmögliche Sekretärin, eine Frau in den mittleren Jahren, aufzufinden und so spart er sein ganzes Verlangen für mich auf, wenn er abends nach Hause kommt.

Entweder für mich oder für seine Fifty Shades-Kumpels. Ihn da mitmachen zu lassen, war das Schlimmste, was ich überhaupt tun konnte. Der Mann ist besessen. Entweder ist er mit ihnen beim Mittagessen, beim Tennisspielen, schauen den Film – wie viele Male, verdammt noch mal, kann man den Film denn schauen? – oder diskutieren die Bücher. Es ist wirklich so, als ob sie davon besessen sind.

Sogar Erika und ich haben aufgehört, zu diesen Treffen zu gehen, in der Hoffnung, dass Alec und Ross unserem Beispiel folgen würden. Doch nun wollen sie da umso mehr hingehen. Ross hat sogar davon gesprochen, eine Fifty Shades-Roadshow zu organisieren, für sich und die Jungs.

Ich will nicht einmal wissen, was das alles mit sich bringt, aber er schien sich seine Gedanken gemacht zu haben. Er hatte ein Whiteboard gekauft und fing an, es mit Post-its zu bekleben. Ich verschwieg ihm, dass es spezielle Stifte für Whiteboards gibt und die Zettel unnötig sind.

„Ross!", rief ich, als ich aus dem Badezimmer zurückkam. Ich war dreimal auf dem Klo gewesen, um zu pinkeln, aber es war nichts gekommen. Ich denke an unseren Schwangerschaftskurs zurück. Was hatten sie damals noch gleich gesagt?

„Liebes, er spricht am Telefon mit einem seiner Kumpels", erklärte Tante Veronica. Mom hält das Popcorn und Tante Veronica die Bierflaschen.

Super, die beiden waren bereit, schon wieder The Walking Dead anzuschauen. Tante Veronica behauptet, sie könne die Serie nur angetrunken ertragen. Es würde sie vor Albträumen bewahren, obwohl es erst drei Uhr nachmittags ist.

„Ich war dreimal auf Toilette. Ich glaube, es passiert etwas."

Mom zeigt auf mich. „Sieht so aus, als wär's schon geschehen!"

„Heißt das?" Ich schnappe nach Luft und schaue an mir runter.

Tante Veronica nickt: „Ja, wir müssen uns die Sendung später anschauen. Jetzt müssen wir erstmal ins Krankenhaus."

„Ach du lieber Himmel, Ross!", schreie ich ihn an, um ihn vom Telefon wegzubekommen.

Er kommt sofort herbeigeeilt, mit verwirrtem Gesichtsausdruck. „Schätzchen, hast du dich mit Wasser übergossen?"

Ich schüttelte den Kopf.

„Das bedeutet …?"

Ich nickte.

Tante Veronica erwachte zum Leben. "Steh nicht nur rum, Mann! Wir müssen so schnell wie möglich ins Krankenhaus fahren. Schwesterherz, stell das Bier in den Kühlschrank. Wir schauen uns die Sendung später an."

Wir alle wurden ganz hektisch und Panik machte sich in unseren Stimmen bemerkbar. Irgendwie hatte Tante Veronica Brett angerufen und er stand schon draußen, bereit, um ins Auto zu springen.

„Wie bist du so schnell hierhergekommen?", fragte ich, als wir einstiegen.

„Oh, Tante Veronica hat mich auf der Schnellwahl. So hat sie mich einfach zweimal angeklingelt, was bedeutet, dass ich herkommen soll."

Ich schaue sie an, vergesse sogar für einen kurzen Moment meine Schmerzen und frage mich, ob wir wirklich verwandt sind. Egal, wie viele Male ich mir das dachte, sie erinnerte mich jedes Mal wieder daran, dass wir es tatsächlich waren.

„Keine Zeit zum Nachdenken. Nun steig schon ein!", schrie Ross.

Das war sein erster Fehler, denn Ross sprang in sein Auto, schlug die Tür zu und fuhr davon, alleine.

„Gut, dann ist er uns wenigstens nicht im Weg. Gehen wir!", rief Tante Veronica Brett zu. In diesem Moment bemerkte ich ein anderes Auto, eins, das ich noch nie zuvor gesehen habe, und Mom ging darauf zu, machte die Tür auf und sagte: „Einsteigen!"

Ich hatte zu viele Schmerzen um zu fragen, woher Brett das Geld hatte, ein neues Auto zu kaufen, und ich hatte auch nicht die Kraft für eine Unterhaltung. Als wir in Richtung Krankenhaus fuhren, hatte ich das Bedürfnis zu pressen. Als ob das Baby jetzt gleich kommen wolle und es nicht warten konnte, bis wir dort sind.

„Mom, ich kann nicht warten", sagte ich, während ich hinten im Auto ihre Hand hielt. Dann fing sie an, für mich zu singen. Genau so, wie sie es getan hat, als ich ein Kind war. Plötzlich kamen in mir Erinnerungen hoch, wie sie mich in den Arm nahm und mir sagte, dass alles wieder gut wird, wenn mich andere Kinder geärgert hatten, weil ich zu dünn oder zu klein war. Sie hatte das Lied früher immer für mich gesummt, ohne zu singen, nur die Melodie. Wenn ich damals auf dem Spielplatz war und niemand mit mir spielen wollte, gab es mir die Kraft, umzukehren und alleine weiter zu schaukeln.

Die nächsten Minuten waren verschwommen und der Schlaf übermannte mich fast. Ich fühlte mich nicht mehr stark, sondern schwach, als würde etwas anderes die Kontrolle über meinen Körper übernehmen.

„Lass nicht zu, dass sie einschläft! In Grey`s Anatomy ist das einer Frau passiert und sie hat ihr Baby verloren. Lass sie bloß nicht einschlafen!"

„Spielt keine Rolle mehr, wir sind da", erklärte Brett, „und Ross auch."

Man sagte mir, ich solle tief atmen und eine Fremde hielt meine Hand. Dem weißen Kittel nach zu urteilen eine Ärztin.

„Olivia, kannst du mich hören?"

Ich nickte, da ich mich zu schwach fühlte, um mich zu bewegen. Es war, als ob etwas zwischen meinen Beinen eingeklemmt wäre und ich nahm an, dass es sich um mein Baby handelte.

„Ja", flüsterte ich, als sich der Schmerz wieder in meinem Körper ausbreitete.

„Gut, sie ist ansprechbar. Lass sie uns schnell und sanft hereinbringen."

Ich nickte, aber ich wusste, dass sie nicht mit mir sprach.

Dann fingen sie an, mich zu bewegen, und ich konnte im Hintergrund Ross' Stimme hören.

„Ich kann es nicht glauben, dass ich verdammt noch mal alleine hergefahren bin."

Tante Veronica beruhigte ihn: „Ross, mach dir keine Sorgen, es passiert den besten von uns. Ich erinnere mich an eine Episode von General Hospital, wo ein Vater genau das Gleiche gemacht hat!", kicherte sie, aber sie lachte alleine, da er immer nur die zwei Worte wiederholte: „Entschuldigung, Olivia."

Ich schüttelte meinen Kopf, wollte ihn wissen lassen, dass es ok war, aber ich konnte fühlen, dass ich auf einer Krankenbahre ins Krankenhaus reingebracht wurde. Es ging schnell, aber es war nicht sanft.

Schon bald musste ich wieder pressen, mit Hilfe von Ross, der keine Panik mehr hatte, sondern meine Stirn küsste und mich anfeuerte: „Mach schon, Olivia, du schaffst es."

Jemand sagte mir, dass man den Kopf schon sehen könne und dann schrie Ross, als wäre es ein Fußballspiel: „Nur noch einmal!"

Ich versuchte es, aber ich war so schwach, dass ich mich nicht einmal umgezogen hatte. Mein ganzer Plan, was den Ablauf der Geburt betraf, war plötzlich unwichtig geworden, sogar welcher Arzt dabei war. Ich trug nicht das Kleid, das ich tragen wollte, sondern irgendwie hatte ich jetzt einen Krankenhauskittel an. Mein Höschen war auch weg.

Wann hatte ich es verloren?

Ich fühlte mich wieder wie benebelt, aber Ross ließ mich nicht einschlafen, obwohl ich es mir sehnlichst wünschte. Ich konnte Stimmen hören, aber keine davon erkennen, während ich versuchte, meine Augen zu öffnen, aber sie fielen immer wieder zu. Meine Beine waren weit gespreizt und ich hörte nur Ross.

„Komm schon, Schatz, unser Sohn ist da. Du musst nur noch die Nachgeburt rauspressen."

Ein Junge! Wir hatten vermutet, dass wir einen Jungen bekommen würden, aber die Tatsache, ihn tatsächlich zu haben, sorgte dafür, dass ich nochmal alles gab. Ein letzter Kraftakt und dann war es vorbei.

Ich hörte ihn weinen, aber er hörte sich so weit entfernt an, doch gleichzeitig so nah.

„Du hast es geschafft, Schatz. Unserem Baby geht es gut."

Ich lächelte ihn an, während er mir den Schweiß und die Tränen vom Gesicht wischte. Dann reichte er mir unseren kleinen Schatz.

„Ich gehe davon aus, dass wir ihn Junior nennen?"

Aber er entgegnete: „Niemals, wir können ihn nennen, wie du magst. Außerdem hatte ich an Keith gedacht, nach deinem Vater, oder wir nennen ihn Christian?"

Er zwinkerte mir zu. Das sollte wohl ein Scherz sein. Ich schaute hinunter, sah seine geschlossenen Augen und hatte das dringende Bedürfnis, unserem Sohn, den wir Christian nennen würden, ins Land der Träume zu folgen.

„Ross, ich muss mich jetzt ausruhen."

Er küsste mich auf den Kopf und dann hörte ich nur noch: „Du kannst jetzt ein Weilchen schlafen. Du hast dein ganzes Leben Zeit, ihn im Arm zu halten."

Er nahm unseren Kleinen mit und ich fühlte, dass man mich wusch. Ich hatte es für einfach gehalten, natürlich zu gebären. Doch es hatte mich tatsächlich das letzte Quäntchen Kraft gekostet und mir war klar geworden, dass es überhaupt keine Rolle spielte, welchem Plan ich folgte, da unser Baby gesund ist und ich wusste, dass ich bald mit Tante Veronica auf dem Sofa sitzen und mit meinem kleinen Baby im Arm alle Serien nachholen würde. Und das Wissen, dass die Zukunft alles das sein würde, was ich mit erträumt hatte, und noch viel mehr, zauberte mir ein Lächeln aufs Gesicht.

###Ende###

Kontakt SarwahCreed

Sexy Bücherwelten - Liebesromane mit Schuss
Für alle, die nicht bekommen von aufregenden, sexy
Liebesgeschichten mit dem gewissen Etwas.
Gegründet von den Autorinnen
Mila Young
Sarwah Creed
Facebook Page ——https://www.facebook.com/SexyBuecherwelten/
Facebook Group - https://www.facebook.com/groups/
SexyBucherweltenCrew/

Über die Serie Alles für den Boss:

Danke, dass du dir meine Neuerscheinungen anschaust. Dies ist das zweite Buch der Serie Alles für den Boss-Serie:

Buch #1 - Chef mit gewissen Vorzügen

Buch #2 - Sexy Überstunden

Buch #3 - Meine Weihnachtsquarantäne

Es sind unabhängige Geschichten, die in jeder beliebigen Reihenfolge gelesen werden können.

Das sagen Leser über die Serie Alles für den Boss-Serie:

Kurz, aber unterhaltsam![1]

Habe das Buch auf Facebook empfohlen bekommen und fand Cover und Klappentext ansprechend. Das Buch selbst ist recht kurz, aber trotzdem unterhaltsam. Ich fand die Charaktere niedlich, vor allem Nana, die mich irgendwie an eine verrückte alte Dame erinnert hat (mit ganz vielen Katzen :D), auch wenn sie das gar nicht sein sollte. War ein netter Zeitvertreib und ganz anders als die anderen Bücher der Autorin, etwas erwachsener.

Kurz aber nett![2]

Die Autorin hat einen sehr eigenen Schreibstil! Wenn man sich daran gewöhnt hat kann man dieses Buch gut lesen.

Kontakt SarwahCreed

Sexy Bücherwelten - Liebesromane mit Schuss

---

1. https://www.amazon.de/gp/customer-reviews/R3DHHWPCTS9UD0/ ref=cm_cr_dp_d_rvw_ttl?ie=UTF8&ASIN=B08C381TCY

2. https://www.amazon.de/gp/customer-reviews/R3BVCQHYZZCGYA/ ref=cm_cr_dp_d_rvw_ttl?ie=UTF8&ASIN=B08C381TCY

Für alle, die nicht bekommen von aufregenden, sexy
Liebesgeschichten mit dem gewissen Etwas.
Gegründet von den Autorinnen
Mila Young
Sarwah Creed
Facebook Page ——https://www.facebook.com/SexyBuecherwelten/
Facebook Group - https://www.facebook.com/groups/
SexyBucherweltenCrew/

Rezensenten / Blogger gesucht

... für die heißen Liebesromane von Sarwah Creed & Mila Young!

ARC Link[1]

---

1. https://docs.google.com/forms/d/e/
1FAIpQLSdquB6Ot2daG9DrXAx54tGmOawBxyL81lp0Z96T-yocXJbOPA/
viewform?fbclid=IwAR1FRADw8DJBPmPzI2riW15wGJEkCgcdQ_ctxbgs0xUwSpi7UKezKs
nbfQc

Über Chef mit gewissen Vorzügen

Je größer die Schuhe, desto größer der Schw***.

Das war zumindest meine Theorie.

Der Sex mit meinem Verlobten war so schlecht, dass ich danach nicht einmal sicher war, ob ich überhaupt meine Jungfräulichkeit verloren hatte.

Mann, es war an der Zeit, abzuhauen. Also tat ich genau das. Ich packte meine Sachen und ließ meinen Verlobten und die Kleinstadt hinter mir.

Ich konnte mir nicht vorstellen, den Rest meines Lebens mit diesem ... Jungen zu verbringen. Was ich brauchte, war ein Mann, der genau wusste, was er tat. Ein Mann, der sicherstellte, dass ein Mädchen keine Zweifel daran hatte, ob sie es getan hatte oder nicht.

Dann traf ich den Boss meiner besten Freundin bei einem Vorstellungsgespräch.

Das Problem war nur, dass alles, auf das ich mich konzentrieren konnte, die Größe seiner Schuhe war. Große Schuhe, großer ... Na ja. Ihr wisst schon. Und während ich diese Füße anstarrte, konnte ich nicht anders, als mich zu fragen: Stimmte das?

Ich wusste nicht, ob ich den Job bekommen würde. Ich wusste nur, dass ich unbedingt herausfinden musste, wie er ausgestattet war.

Und anhand seines wissenden Grinsens wusste ich, dass ich dazu wohl auch die Gelegenheit bekommen würde.

Hinweis der Autorin:

Stelle am besten sicher, dass nicht nur dein Kindle bereit ist, sondern auch ein Handtuch in der Nähe liegt, wenn du das Happy End liest!

Kapitel Eins

Kent

Vier Jahre zuvor …

Fuck!

Wieder einmal eine Nacht, in der ich mich absolut ungenügend fühlte. Ich hatte meine Brille gegen Kontaktlinsen getauscht, sogar die Streberklamotten gegen die standardisierte Uniform der jungen Amerikaner, um mich im College anzupassen. Das war jetzt zwei Jahre her und fühlte sich an wie eine komplette Zeitverschwendung. Es war egal, was ich tat, ich wurde immer noch wie der Streber behandelt, der ich damals war. Und jetzt mehr denn je.

„Wie zur Hölle machst du das, Mann? Ich meine, dir liegen die Mädels sabbernd zu Füßen. Und bei mir? Mich gucken sie nicht einmal an."

Ich sackte zurück auf mein Bett und dachte darüber nach, mit Jeff, meinem Mitbewohner, der langsam, aber sicher zu meinem besten Freund wurde, auf eine Party zu gehen. Wahrscheinlich auch mein einziger Freund. Niemand auf dem Campus beachtete mich, außer wenn Jeff dabei war, und wenn er das nicht war, war das höchste der Gefühle ein: „Hey Mann, wo ist Jeff?"

„Geh nicht so verdammt hart mit dir ins Gericht." Er tätschelte mir beruhigend die Schulter. Dieser Typ hatte einfach alles, von seiner italienisch-oliven Hautfarbe bis zu seinen grünen Augen und den Muckis, die Arnold Schwarzenegger neben ihm wie einen Wurm aussehen ließen. Er war heiß und ja, wenn ich so veranlagt wäre, würde selbst ich mit ihm in die Kiste steigen. Aber das war ich nicht. Ich war nur der Typ, der ein Zimmer mit ihm teilte und all die Mädels sah, die sich wünschten, ich zu sein. Also, weil sie ein Zimmer mit ihm teilen wollten. Aber nicht für eine Nacht, sondern jede Nacht!

Er hatte so eine Art an sich, die jeden gut fühlen ließ. Er war der Typ, der das Herz eines Mädchens brechen könnte und am nächsten Tag würde sie sich entschuldigen, dass sie vor ihm geheult hatte. Der Typ, bei dem sich die Professoren entschuldigten, wenn sie ihm eine schlechte Note gaben. Der Typ, der in eine Bar kam und sich aussuchen konnte, von wem er einen Drink ausgegeben bekommen wollte.

Er war der Kapitän der Football-Mannschaft und hatte neben dem guten Aussehen auch noch Köpfchen. Und er hatte Geld. Scheiße, das hatte ich auch, aber mir passierte dieser Mist nie, wenn ich irgendwo hinkam. Ich ging auf die Staatsuni und dachte, dass ich mich endlich vor Mädchen nicht mehr retten könnte, wenn ich nur meine Brille gegen Kontaktlinsen tauschte und mich statt wie ein Junge, der besessen von Star Trek war, wie ein Mann kleidete. Ich dachte, die Uni wäre besser als die Highschool oder Grundschule. Und irgendwie war sie das ja auch. Damals hatten sie mich alle ausgelacht – der Sohn eines Milliardärs und ein hoffnungsloser Streber.

Hier ignorierte mich jeder, was besser war, als ausgelacht zu werden, aber ich war immer noch Jungfrau. Das war etwas, das schwer auf meinem Gemüt lastete. Ich war hierhergekommen und dachte, die Dinge würden sich ändern. Meine Schwester Caroline half mir beim Klamottenshoppen, bevor ich hierherkam. Wir standen uns nahe, bevor ich die Uni anfing, und jetzt sprachen wir kaum noch miteinander. Es war, als ob wir weniger gemeinsam hätten, je älter wir wurden, obwohl uns nur ein paar Jahre trennten.

„Sitzt du hier jetzt die ganze Nacht und verhältst dich wie eine Heulsuse? Was du brauchst, sind größere Schuhe, Kent."

Ich hatte eine Sekunde lang vergessen, dass er im Zimmer war, weil mein Verstand zu verloren war in den Unterschieden zwischen Uni und Highschool und weil ich versuchte, das Positive zu sehen ... Nur außer dem Nachhausekommen jede Nacht gab es nicht viel Positives.

„Schuhe. Warum zur Hölle sollte ich größere Schuhe brauchen, wenn meine perfekt passen?"

Das war ein weiterer negativer Punkt, wenn man auf die Yale-Universität ging. Niemand redete so, wie ich es tat.

Die Studenten ließen herkömmliche Grammatik wie aus der Steinzeit erscheinen, während sie in ihren eigenen gestelzten, fehlgeleiteten Sprachen miteinander kommunizierten, die für jemanden wie mich keinen Sinn ergaben. Für jemanden, der perfekt in allem sein wollte, was er tat, aber kläglich scheiterte, wenn es dabei um das andere Geschlecht ging.

Seine Augen blitzten spitzbübisch, wie ich es schon ein paar Mal bei ihm gesehen hatte. Wie zum Beispiel, als er in flagranti mit seiner neuen Freundin im Bett erwischt wurde und seiner alten vergessen hatte zu erzählen, dass es vorbei war. Die, die ich versucht hatte, daran zu hindern, in das Zimmer zu stürmen und ihn zu erwischen. Irgendwie hatte er es innerhalb weniger Tage geschafft, dass seine alte Freundin darum bettelte, ihn zurücknehmen zu dürfen, und seine neue Freundin ihn bat, sie nicht zu verlassen.

Wie macht er das nur?

Was war es, dass das andere Geschlecht denken ließ, er wäre irgendeine Art Gott? Es musste wohl seine Leistungsfähigkeit im Schlafzimmer sein. Alles, was ich wusste, war, dass ich ihn an diesem Tag verdammt beneidet hatte.

Er legte seine Hände auf meine Schulter, als ich aufstand, und sah mir direkt ins Gesicht. „Denk dran, ich hab dir schon gesagt, dass der einzige Grund, warum ich die Mädels abschleppe ..."

Ich unterbrach ihn, bevor er beenden konnte, was er sagen wollte. Er hatte es schon so oft gesagt, dass es nicht mehr wie Musik in meinen Ohren klang, sondern eher wie ein konstantes Mückengesumme.

„Je größer die Schuhgröße, desto größer der Schwanz. Ja. Aber das Ding ist, dass die Mädchen an so einen Scheiß nicht glauben." Ich lachte, als mein Blick auf seine Schuhe fiel, die verdammt gigantisch aussahen.

Er schüttelte den Kopf. „Zieh sie mal an", meinte er und hielt mir ein Paar seiner Sneakers hin, die wie von Zauberhand in seinen Händen erschienen waren, sobald er sie von meinen Schultern genommen hatte.

War er jetzt auch noch ein verdammter Zauberer?

„Stopf einfach eine Socke rein oder so. Wenn es funktioniert, kannst du mir immer noch später danken."

Ich beäugte seine Sneakers und fragte mich, ob er ein Verrückter, ein Zauberer oder ein Hellseher war. Kopfschüttelnd wandte ich mich ihm zu. „Was hast du schon zu verlieren?", fragte er.

Ich musste da nicht zweimal drüber nachdenken. Er hatte recht. Ich steckte ein Sockenknäuel in die Sneakers und schlüpfte hinein. Zunächst fühlte es sich etwas unbequem an, aber dann, als ich anfing zu gehen, sagte Jeff: „Das ist der Gang eines Mannes auf einer Mission."

Ich fühlte mich nicht mehr, als wäre das hier eine dumme Idee. Nein, ich fühlte mich, als wäre ich dabei, einen Neuanfang zu erleben. Ich runzelte nicht mehr die Stirn, sondern stellte ein verdammt großes Lächeln zur Schau, während ich über die magischen Worte von Zauberer Jeff nachdachte.

Don't miss out!

Visit the website below and you can sign up to receive emails whenever Sarwah Creed publishes a new book. There's no charge and no obligation.

https://books2read.com/r/B-A-OEXM-WCRKB

BOOKS 2 READ

Connecting independent readers to independent writers.

Also by Sarwah Creed

Alles Für Den Boss
Chef mit gewissen Vorzügen
Sexy Überstunden
Chef der Begierde

Bad Apples
Love To Hate You
Hate To Love You

Freunde mit gewissen Vorzügen
Die Teufel und Engel
Schmutziger Spieler
Sext Me

grumpy boss
Size of his Shoes
A Boss with Benefits
My Thirty Day Quarantine

An Ex with Benefits
Blind Date

Kings of Hawk Academy
Bad Intentions
Cruel Intentions

Sext Me Crazy
Filthy #TeXXXt
Hot #TeXXXt

The FlirtChat Series
Daily #TeXXXt
Triple TeXXXt
Quadruple TeXXXt
Naughty #teXXXt

Standalone
Claimed By Wolves

www.ingramcontent.com/pod-product-compliance
Lightning Source LLC
Chambersburg PA
CBHW021003180726
47993CB00017B/583